講談社文庫

十津川警部　山手線の恋人

西村京太郎

JN054996

講談社

目次

第一章　ある作家の娘　7
第二章　新幹線下りホーム　42
第三章　事故と誘拐　80
第四章　エッセイ集のからくり　114
第五章　二人の恋人　151
第六章　山手線の行方　183
第七章　奇怪な動機　220

解説　郷原　宏　260

十津川警部　山手線の恋人

第一章　ある作家の娘

1

星野正之《ほしのまさゆき》二十五歳は現在、独身である。

中央線の三鷹《みたか》で降り、バスで十五分ほどの所にあるマンションに、住んでいる。都心の有楽町《ゆうらくちょう》まで出勤するのだが、朝早く三鷹のマンションを出ると、中央線で終点の東京駅まで行く。東京駅から山手線に乗り換えてひと駅、有楽町にある小さな出版社が星野の勤務先である。

根が生真面目《きまじめ》なので、毎朝七時かっきりに家を出てバスで三鷹の駅まで行き、中央線に乗る。別に意味はないのだが、強《し》いていえば、同じ繰り返しが好きなのだ。東京駅で乗り換える時間も毎日同じであり、中央線の前から二番目の車両に乗り、山手線はこれも二番目の車両に乗る。それも毎日、全く同じ時間割で通っていた。有楽町に着く時間も毎日同じである。最初の頃は、別に強い意味もなくその時間割にしたがって通勤していたのだが、一ヵ月前から少しばかり、理由がついてきた。

東京駅で山手線に乗り換える。山手線の先頭から二両目の、一番前のドアから乗ることにしている。その理由が見つかった。同じ車両に星野好みの顔立ちをした若い女性が乗っていることだった。たまに、乗っていないこともあるが、だいたい、いつも同じ時刻に山手線の二両目の一番前のドアから乗ると、そこに彼女の顔があった。東京駅では、すでに彼女が乗っているから、東京駅よりも手前の駅で乗るに違いなかった。星野が降りる有楽町で、彼女は降りないから、もっと先まで通っているに違いない。そうした一人の女性と、毎日、電車の中で一緒になると、星野も二十代らしい想像というか、妄想というかが、時々頭の中に浮かんで来るようになってきた。彼女の性格や、生い立ちなどを自分に都合のいいように想像し、一つの物語を作ってしまうのである。

空想、あるいは妄想の中の彼は、ポルシェ911を乗り回している。それもオープンにして乗るのが好きだ。銀座《ぎんざ》へ走っていって交差点で止まり、歩道に目をやると彼女がいる。名前も知らないのだが、毎日のように会っている彼女である。そこで声をかける。

「乗りませんか？　どこにでも、ご案内しますよ」

と彼が言う。

「どなた、でしたっけ？」

と彼女がきく。そこで、星野が答えるのだ。

「いつも、山手線の中で、ご一緒しているじゃありませんか」

「ああ、いつも東京駅から乗っていらっしゃる？」

「そうですよ。早く乗って。信号が変わるから」

「どこかで、食事をしたいんですけど」

「それなら帝国ホテルに行きましょう。ボクは帝国の会員ですから」

と、小さな嘘《うそ》をつく。帝国ホテルの会員なのは、星野が勤める会社の社長である。

彼女が、助手席に乗ってくる。思った通り、脚が、きれいだ。

星野は、少し乱暴にポルシェをスタートさせる。

それから先も空想（妄想）が延々と続くこともあるし、途中で、寝てしまうこともある。今のところは、その辺までの空想で満足していた。が、時には、会社の同僚に、冷やかされる方向に空想が進むこともある。あまりに途方もない空想ではつまら

なくなるので、その同僚も、現実に、同じ出版社で働く男で、横浜《よこはま》に住んでいる。従って、

「日本丸メモリアルパークで見たよ。いい女じゃないか」

と、いうことに、なってくる。星野の性格なのか、空想でも、変にリアリティに拘《こだ》わるのである。

もちろん、彼女についても、あれこれ、想像を逞《たくま》しくしているのだが、それについても、あまり大げさな想像はしない。色白で、スタイル抜群なので、アメリカの有名スターの娘で、母親が日本人、母の国に来て、あえて会社員として働いているのでもいいし、実は、タイ国王に、血のつながりがある王女の一人だが、日本の若い男性と、知り合いになりたくて、身分を隠して、日本の会社で働いているのでも、構わない。全て、無責任な想像なのだから、広がりを持ったほうが面白いし、楽しいはず――だが、星野という男には、それができないのである。どこかにリアリティがないと、空想であっても楽しめないのである。

そんな中で、空想に、ポルシェ911が入ってくるのは、いつも変わらなかった。ポルシェ911は、星野の憧れの車である。もっとも現在の給料では、ポルシェ911の中古車すら買えないだろう。それでも想像の中で出てくる車は、ポルシェ91

1の、それもオープンカーなのである。星野が運転し、その隣に彼女を乗せる空想になってしまうのである。

とにかく、東京駅から有楽町まで、何分間か毎日のように彼女と一緒に乗れるだけでも嬉《うれ》しかった。その嬉しさを抱いて、有楽町で降りて、近くの雑居ビルの三階にある「宝井《たからい》出版」に出勤する。社長を入れて、従業員が十人という小さな出版社である。もちろん金のかかる雑誌などは出していない。全て、単行本である。しかもその内の半分が、自費出版の本になっている。残りの半分、そこで、どんな本を出すか、ここに、社長の考えがよく表れていた。

ベストセラーになった本は、権利が切れても出そうとは、しない。逆に、全く売れなかった作家の本を再刊するのである。とにかく売れなかった本だから、たいてい絶版になっている。元の出版社のなかには、潰《つぶ》れてしまった会社も多かった。出版の権利を持っている遺族を捜すのも、大変だった。

そんな時、遺族を捜すのは、全て星野の役目だった。何しろ宝井出版の社長は、七十九歳という年齢だし、社員十人の内、九人までは六十歳以上、若いのは星野一人だから面倒くさい仕事は全て彼にまわされた。といっても、彼は別に苦にしなかった。というよりも、一人で動くので、かなり自由が利き、その分、仕事が楽しかった。

今日、四月三日も出勤すると同時に、社長の宝井健次《けんじ》が、いきなり一枚のメモ用紙を星野の目の前に置いて、

「これ頼むよ」

と言った。メモ用紙には、乱暴な字で「川本賢三郎《かわもとけんざぶろう》に、遺族川本かおり。本人は一年半前に病死。代表作『あの星を探して』」。

それだけしか、メモ用紙には、書いてない。その上、社長は、

「頼むよ」

としか、言わない。毎回、そんな簡単な指示しか与えられないで、過ごしてきた。今回も川本賢三郎という作家の遺族、川本かおりを捜してこいということなのである。後は何も、教えてくれないので、星野はまず図書館に行って、川本賢三郎という作家について調べなければならない。

「じゃあ、行って来ます」

星野のほうも、あっさり社長の宝井に断って、社を出ると、宝井出版唯一の財産である、自動車に乗り込んで、国立国会図書館に向かった。

川本賢三郎の名前は、すぐ見つかった。資料の「物故作家」の欄に入っていた。確かにまだ、一年半しかたっていなかった。

それなのに、一人娘の川本かおりの所在が、わからないのである。文芸作家協会に問い合わせてみると、

「川本賢三郎さんの葬儀が、一年半前に、世田谷《せたがや》のNという寺で行われました。崇同宗のお寺です。娘のかおりさんは喪主をされていたんですが、その後、行方がわからなくなってしまったんです。協会としても用があるので、警察には、行方不明者届を出しているんですが、まだ見つかっていません」

「他に、家族の方は、いらっしゃらないんですか？」

「奥さんは、川本さんより先に病死してしまっていますし、川本さんの兄弟も、いませんから、やはり、川本かおりさんしかいませんね」

と、相手が、いった。

「川本さんの作品は、五冊しかないようですが、本当ですか？」

「事実です。三十年、正確にいえば、二十九年と三ヵ月で、五冊です。寡作《かさく》です」

「その代表作が、『あの星を探して』で、合っていますか？」

「間違いじゃありません。ただ、これは、読者の好き嫌いがありますから、こちらで、決めては、いません」

「川本賢三郎さんは、三十年の作家活動があって、五冊しか本が出ていないんです

ね？」

星野は、もう一度、確認した。

「その通りです」

「五冊の中で、ベストセラーになったものもあったんですか？」

「いや、ありませんね」

「そうなると、川本さんは、他に何か仕事をやっていたんですか？　小説だけでは、生活が苦しかったと思いますが」

「そこは、こちらでは、わかりません。ただ、川本さんは、仲間たち五人で、死ぬまで、同人雑誌をやっていましたよ。『パピルス』という名前です」

「今は、雑誌が売れない時代でしょう。同人雑誌で、儲《もう》かったとは、思えませんが？」

「そうですね。しかし、川本さんは、亡くなる寸前まで、『パピルス』を出し続けていましたよ」

「五人の同人の中に、今でも、健在の方がいますか？」

「そうですね。ちょっと待って下さい」

相手は、いったん、電話を切ったあとで、

「永田進《ながたすすむ》さんが、一人、ご存命ですね」

と、教えてくれた。

「住所と電話番号を教えて下さい」

「小田原《おだわら》の病院に入っておられますね。二年前から入退院しています。川本さんの葬儀には、参列していません」

「具合が悪いんですか？」

「肺ガンだと、聞きました」

「川本かおりさんの写真を持っている人を知りませんか？」

「今いった永田さんなら、持っている可能性は高いですよ」

と、相手は、いった。

その病院の正確な住所を聞いて、星野は、すぐ、永田進に会いに行った。

静かな、広々とした病院だった。

医者に聞くと、永田は、ベッドに寝たまま、今は、起きあがれない状態だという。

「ガンが、転移していますから」

と、医者は、いった。

「喋《しゃべ》れますか？」

と、星野が、きくと、

「短い時間なら」

と、いう。星野は、看護師の立ち会いで、病室に入った。永田進は、ベッドに横たわっていたが、星野を見ても、何もいわなかった。喋るのも辛《つら》そうに見える。

星野は、枕元に座り、「川本賢三郎さんを知っていますか？」

と、きいた。すぐには、反応がない。

「川本さんと、『パピルス』という同人雑誌をやっていましたね？」

と、きくと、やっと、表情が出て、黙って肯《うなず》く。構わず、星野は言葉を続けた。

「一年半前に、川本さんが亡くなりました。うちは、小さな出版社ですが、彼の代表作を出版しようと思っているんです。ただ、遺族の方の了承がいる。調べてみると、川本かおりさんという娘さんがいることがわかりました。ただ、どこにおられるのかわかりません。ご存じなら教えて下さい」

と、星野が、きいた。

「私も知らん」

永田が、か細い声でいう。顔を近付けないと、聞き取れないほど小さな声だった。

「何とか、わかりませんか？　できれば、川本かおりさんの写真が欲しいんですが」

と、星野が続けた。

永田は、眼を閉じている。唇《くちびる》が小さく動いた。が、星野には聞こえない。

「何といったんですか？」

少し大きな声を出した。

「月刊G」

と、永田が、いった。今度は聞こえたが、意味がわからない。

「Gという月刊誌のことですね？」

と、星野が念を押した時、ふいにベルが鳴り、別の看護師が飛び込んで来て、何か、いった。

ナースセンターの警告ランプが、点灯したのだという。医者も飛んできた。星野は、邪魔になってはまずいと思い、病室を出た。

2

翌日、出版社から、病院に電話すると、昨夜おそく、永田進が、亡くなったと知らされた。

星野は、面談したことを詫《わ》びてから、もう一度、国会図書館に出かけた。

「G」という月刊誌を二年分、二十四冊を借り出した。調べてみると、月刊Gには、かなり前から、「作家とその家族」というページがあって、作家本人と、家族の写真をのせ、そこにお互いをどう考えているか、短い言葉ものせていた。

川本賢三郎は、彼が死ぬ直前、一年七ヵ月前の月刊Gに写真がのっていた。

川本賢三郎は、和服姿で、縁側で、日向《ひなた》ぼっこをしている。その傍《そば》に、二十代の娘の川本かおりが微笑している。平和な家族といった写真である。

川本かおりは、この時、二十三歳とあった。

作家川本賢三郎の談話。

「三十年も作家生活をやっていて、五冊しか本が出ていない。そのうえ、いずれも、ベストセラーには、ほど遠いものでした。編集者は、皆さんわが家の財政を心配して下さるんですが、こう見えても、私は金儲けが上手《うま》くて、私が死んでも、一人娘には、経済的な苦労はさせない自信がありますよ」

これに対して、娘のかおりの談話。

「父は不思議な人で、確かに経済的な心配はしていませんが、父がどんな魔法を使っているのか、知らないのです。まるで、わが家の財布に、ひとりでにお金が入ってくるみたいなんです。まさか泥棒はしてないでしょうが、父は、笑って、何も教えてくれません」

普通なら、星野は、この写真と、談話で、微笑するのだが、この瞬間、ニコリともしないで、じっと、写真、特に、川本かおりの写真を見つめていた。

(似ている)

と、思う。

星野が、毎朝出勤の時、山手線の中で見ているあの女性、星野が、ひそかに「山手線の恋人」と呼んでいるあの女性にである。一見するとあまり似ていないのだが、じっと見ていると、似ているのだ。

星野はその写真をカメラに保存して、社長の宝井に今まで調べたことを報告した。

「川本賢三郎の書いた『あの星を探して』という小説は、日比谷《ひびや》の図書館にあるので、借りてくることはできます。権利を持っているのが娘だけのようで、名前は川本かおり。現在二十五歳になるはずですが、問題は、どこにいるのか、それが、わからないんです。電話番号もわかりません」

と、星野は報告した。

「見つけるのは大変そうか？」

社長がきく。

「やってみなければわかりません。何しろ今まで調べたところでは、生きているのか死んでいるのかも、わかりませんから」

「それでは、君はこの川本かおりという娘さんを捜すほうに専念してくれ」

しかし、あの女性だという確信もない。

とにかく、星野は、彼女かどうかを、調べたくなった。

そこで、翌朝、星野は、いつものように、七時に家を出て、いつものスケジュールに従って、三鷹駅から、中央線に乗った。

東京駅で山手線に乗り換える。

十一両編成の先頭から二両目の車両。その一番前のドアから乗り込む。

(いた！)

と、思った。

いつもの混雑した車内に、彼女の顔があった。

何か、拍子抜《ひようしぬ》けした感じになった。

次の有楽町。星野は、降りるふりをして、彼女の視界の外に出て、彼女を見張ることにした。

今日は、彼女が、どこで降りるか突き止めるつもりである。

有楽町の次は、新橋《しんばし》。彼女は降りない。

星野が、有楽町の先に行くのは久しぶりである。

新橋まで行っていないわけではない。山手線で行くことが少ないということで、社の仲間と、歩いて新橋のガード下に飲みに行くことは、しばしばなのだ。

新橋の次は、浜松町《はままっちょう》。まだ、彼女は降りない。

彼女がドアのほうに身体を動かしたのは、品川《しながわ》が近くなった時だった。

どうやら、次の品川で降りるらしいと思い、星野は、別のドアの近くに寄って行った。

品川で降りる。

この辺のどんな会社に勤めているのかと考えているうちに、彼女は、駅近くのビルに入って行った。

そのビルの一階に、観光会社の品川支店があって、彼女が入ったのは、その支店だった。

星野は、あわてて、そのビルから離れた。

その近くを、ぐるぐる廻って、時間を潰した。何とか、一軒のカフェが開いたので、ほっとして、中に入り、コーヒーとケーキを注文した。

窓際の席に座ると、道路をはさんで彼女の観光会社が入っているビルが見える。

開店まもない観光会社に入って行くお客の姿は、まばらである。

「向こうにある観光会社は、何時までやっているんですか？」

と、星野は、カウンターの中にいる店のオーナーにきいた。

「午後七時まで、やっているはずですよ」

という答えが、返ってきた。

星野は、迷った。

宝井社長に命ぜられた仕事があるのだから、こんな所で、コーヒーを飲んでいるヒマはないのだ。そう考えても、あっさり腰をあげる気にならないのである。

結局、一時間近く、そのカフェで過ごしてから、やっと腰をあげた。

品川駅に戻り、東京方面行きの山手線に乗る。有楽町で降りたが、会社へ行くつもりではなかった。

今日は、幸いよく晴れてさわやかである。駅から歩いて、日比谷公園に入り、公園内を、斜めに横切っていく。日比谷図書文化館まで、歩いて行くつもりである。それと、時間潰しだった。

日比谷図書文化館では、まず、川本賢三郎の書いた『あの星を探して』を借りて、読むことにした。

星野は、川本賢三郎の小説を初めて読むのである。

宝井社長にいわせると、典型的な日本の私小説で、好き嫌いが分かれるだろう、そういう作家だという。

「普通の私小説と違うのは、書いてあることは、全て、作家本人の日常なんだが、主人公が大嘘をついているところがあって、それが楽しいという人もいれば嫌いという人もいる」

と、宝井は、いっていた。

星野は、読み始めた。

確かに、私小説である。亡くなった妻や、少し変わっている娘のかおりが出てくる。

そして、友人のこと、近所の人たちのことが、賑《にぎ》やかに表現されている。

3

「私の家系は、小禄《しょうろく》だが、川端《かわばた》藩の藩士で、曾祖母《そうそぼ》は美貌《びぼう》で、なぎなたの名手だったから、若い藩士たちの憧れの的《まと》だったといわれる。私も子供の頃、祖父から、曾祖母の美しさと強さを聞かされたものである。

川端藩は、戊辰《ぼしん》戦争の時、奥羽越《おううえつ》列藩同盟に入っていたため、新政府軍に攻撃され、降伏後、一時、下北《しもきた》半島に流され苦労したといわれるが、わが家に伝わっているのは、華やかな話ばかりである。

私の曾祖母、川本ゆきは、当時、十八歳。会津《あいづ》戦争が始まるや、藩士の娘たちで、娘子隊《じょうしたい》を結成。その先頭に立って戦った。その美貌と、なぎなたの巧みさから、新政府軍の兵士たちの間でも知られるようになり、何とか自分の手で捕えようとした。そんな新政府軍の兵士たちのスケベ心をあざ笑うように、ゆきは、巧みに出没したかと思えば、突然、兵士たちの行手を遮《さえぎ》り、なぎなたを振るって、数人を斬《き》り伏せた。ある時は、新政府軍の隊長（長州の奇兵隊長だといわれる）が、馬を駆って、ゆきに迫った。ゆきは逃げると見せて、ふいに立ち止まって、なぎなたで、馬の首を叩《たた》き切った。

そのため、馬が、ばたっと倒れ、転げ落ちた隊長は、ゆきによって、首を取られてしまった。それを見ていた藩士たちが、どっと歓声をあげたというのだ。

明治に入ってから、藩主や藩士たちは苦労しているが、私の曾祖母ゆきは、単身、東京（江戸）に入り、持ち前の才覚を発揮して、金儲けに成功したという。そのあと、婿《むこ》をとった。この夫婦の間に生まれたのが祖父である。

今、私には、娘のかおりがいるのだが、どうも、私の聞いた曾祖母のゆきに、そっくりのような気がして仕方がない。

曾祖母のゆきは、なぎなたの名手だったというが、娘のかおりは、空手の有段者である」


これは、小説の文章ではなくて、星野が、『あの星を探して』を読み終えたあと、彼流に要約したものである。

時間が来て、星野は、本を返し、日比谷図書文化館を出た。

山手線で、品川に戻る。時間があるので、今朝、コーヒーを飲んだカフェに入り、コーヒーを飲みながら、通りの向こうの観光会社の様子を観察することにした。

すでに、夕闇が立ちこめている。午後七時、向こうの灯りが消えた。従業員たちが、かたまりになって、大通りを渡り、駅に入って行った。彼女もいる。

星野も、彼らのあとから駅に入り、改札を通って、山手線のホームに下りて行った。

朝は、十一両編成の二両目の一番前のドアから乗っているが、帰りの山手線では仕事仲間と一緒にかたまって、電車を待っていた。

山手線の電車が到着し、彼女は、同僚と同じ車両に乗った。

田町《たまち》、浜松町、新橋、有楽町、東京と、今度は逆に停《とま》っていく。

少しずつ、彼女の同僚が降りていく。

上野《うえの》で、彼女が降りた。

そのあと、彼女は、まっすぐ、不忍池《しのばずのいけ》方向に歩いていく。上野駅は、さまざまな列車が発着し、歩いている人の姿も、ばらばらだから、それにまぎれての尾行は、簡単だった。

彼女も、星野には気がつかない感じで、一度もふり向かなかった。

不忍池の近くに、旅館が、かたまっている地区がある。

彼女は、その一角に入って行った。

旅館の他に、みやげもの店も多い。その奥には少し古びたマンションもあった。

彼女は、そのマンションに、入って行った。

何階に行くのか、調べようかと、星野は迷った。

できれば、名前も知りたいのだが、そのあとの計画はないのだ。

入口を入るのをためらって、しばらく八階建てのマンションを見上げていると、ふいに、星野は、肩を叩かれた。

振り向くと、警官が立っていた。

4

「ちょっと、お話を伺《うかが》わせてもらっていいですか？」

と、警官は、型どおりの言葉を口にした。

「いいですよ」

と、星野は、肯いた。

「まず、お名前を伺わせて下さい」

「これは、職務質問ですか？」

と、星野は、きいた。

相手は中年の警官だったし、こちらも、別に悪いことはしていないと思うので、少し、強気になった。

「実は、電話があったのですよ。そこのマンションに住む女性からです。男の人に、ずっと尾行されている。気味が悪いので、なぜ、そんなことをするのか、聞いて下さいといわれましてね。来てみたら、女性がいう背恰好《せかっこう》や、服装などと一致するあなたがいたので、声をかけたのです。ここで話しづらければ、交番へ行ってもよろしいが」

と、警官が、いった。

星野は、内心、しまったと思った。彼女は、尾行されていることに、ずっと気付いていたのだ。

そこで、あわてて、弁明に取りかかった。

まず、名刺を渡す。

「ああ、マスコミの方ですか」

と、警官が少し、意外そうな顔になる。

「実は、社長に、ルポを頼まれましてね。まず山手線に乗って、車内で、ちょっと気になる若い女性を見つけ、どういう女性か、尾行して調べる。偶然の行為が、どんな運命になっていくか、そういう企画なんです」

と、星野が、いった。

「偶然が生む運命ですか――」

「詳しいことは、この宝井出版に電話して、社長に聞いてみて下さい」

と、星野が、いった。

宝井社長なら、適当に答えてくれるだろうという安心感があった。

警官は、微笑した。マスコミの人間なら安心だと思ったのか、それとも面倒くさいと思ったのか、どちらにしても、警官は、

「まあ、あまり、疑われることのないように、お願いしますよ」

といって、立ち去った。

星野も、相手に気付かれていたとわかって、これ以上、ここにいても、仕方がないという気分になっていた。

上野駅に戻り、山手線のホームに立ってすぐ、宝井社長から、携帯に電話が入った。

「明日、東北に行ってくれ」

と、いきなり、いわれた。

「東北ですか？」

「磐越西線《ばんえつさい》に西野《にしの》という駅がある」

「磐越西線では、会津若松《わかまつ》までしか行ったことがありませんが」

「喜多方《きたかた》よりも、先だよ。川本賢三郎の先祖は、あの辺りの川端藩の藩士だった」

「川端藩のことは、本で読みました」

「その川端藩だよ。川本賢三郎自身の話によると、彼の曾祖母は、大変な美人で、そのうえ、なぎなたの名手で、奥羽越列藩同盟軍と新政府軍との戦いに参加して、大奮戦したというのだが、本当かどうか確めてきて欲しいんだよ。今度、うちで『あの星を探して』を出すにあたって、川本賢三郎と、娘のかおりさんとのことも、同じ本に、解説の形でのせたいのでね」

「明日、さっそく行って来ます」

と、星野は、いった。

翌日、東北新幹線で、北へ向かった。郡山《こおりやま》で、磐越西線に乗り換えた。

星野は、何年か前の冬、会津若松に取材に来て、豪雪で、動けなくなったことがあった。

今日は、全ての山が、緑に染まっている。

会津若松、喜多方と過ぎて、西野に着いた。昔風の駅舎だが、今は、無人駅である。

がらんとした駅舎の中には、この町の案内がかかっている。

「五万石の川端藩の領地。明治維新の時、奥羽越列藩同盟に加わって、新政府軍に敗北し、下北の僻地《へきち》に追われた。新政府軍との戦闘は、熾烈《しれつ》を極め、特に若き娘子隊の活躍は、語り草になっている」

駅から千二百メートルの所に、川端藩の城跡があり、記念館もある。また、その近くに、川端温泉があり、旅館も三軒あるという。

星野は、駅前に停っているタクシーを拾って、記念館に、というより、旅館に向かった。

三軒ある旅館の一軒に、チェック・インをしてから、歩いて、記念館に向かった。

星野は、会津若松の記念館に行ったことがある。向こうの目玉は、やはり、白虎隊《びゃっこたい》である。こちらは何だろうと思って、中に入ると、入口にある大きな屏風《びょうぶ》一杯に、川本ゆきの絵が描かれていた。

鉢巻《はちまき》をし、両袖をたくしあげ、なぎなたを振りかぶっている。

他にも、もう一枚の絵があった。そこに描かれているのも川本ゆきだが、こちらは、他に五人の娘たち、娘子隊も、描き添えられている。

会津若松の白虎隊記念館には、入館者の姿があったが、こちらは、一人も、人の姿はなかった。

責任者が、一人いた。

星野が名刺を出すと、相手も、名刺をくれた。

〈川端藩記念館　館長　三崎兼之介《みさきけんのすけ》〉

と印刷されていた。

「あの屏風絵のモデルは、川本ゆきという女性ですね？」

星野が、きくと、三崎館長は、肯いて、

「そうです。私にいわせれば、会津の白虎隊よりも素晴らしいと思うのですが、残念ながら、白虎隊のように知られておりません。ドラマにでもなってくれたらと思っているのですが」

と、口惜しそうに、いった。

「川本賢三郎という作家がいたんですが、彼の先祖が、この絵の川本ゆきだというのは、知っていますか？」

と、星野が、きいた。

「それは、聞いたことがあります。しかし、その作家を知らない人が多いです。私も、うろ覚えで。何という名前でしたっけ？」

「川本賢三郎です」

「どんな小説を書いているんですか？」

「代表作は『あの星を探して』です」

「その小説も読んでおらんのです」

「今度、新版で出ますから、出たら送りますよ」

と、星野が、いった。

「川本賢三郎さんは、こちらに、何回か来ていますか？」

「それが、わからないのです」

「わからないというのは、どういうことですか？　その作家の名前が川本賢三郎だということは、知っておられるんでしょう？」

「知っていましたが、顔は、はっきりと、覚えていないのです。ですから、黙って来て、黙って帰ってしまわれると、気づかないことも、ありうるんです」

「じゃあ、娘さんの顔も知らないんですか？」

「ええ。知りません」

と、館長は、黙って肯く。

(頼りないな)

と、思いながら、

「川本賢三郎さんは、残念ながら、一年半前に、亡くなっています。だから、娘のかおりさんが、唯一の関係者ということになります」

「川本賢三郎さんは、今までベストセラーなんか出していますか？」

「三十年間に五冊しか本を出していませんが、いずれも、ベストセラーにはなっていません」

と、星野がいうと、館長は、首をかしげて、

「少しばかり、気になることが」

「何がですか？」

「この記念館は、六年前に改修しているんです。散らばっている史料を集めたり、耐

震にしたりと、五億円ほど、かかっていますが、日本全国に向けて、寄付をつのりました。特に、故郷が、この西野で、現在、東京などで成功している人へ訴えかけました。なかなか、寄付は集まらなかったんですが、そんな中で、一億円を、ポンと寄付して下さったのが、東京に住む作家さんだと聞いています。名前は伏せておいてくれといわれましてね。この大きな寄付があったおかげで、何とか五億円も集まったんですよ。それが、川本さんなわけないですよね。私は、そのあと館長になったので、あまり詳しいことは、知らないんです」

と、三崎は、いう。

「その辺のことを、詳しく知っている人は、いませんか？」

星野が、きくと、三崎は、ちょっと考えてから、

「その寄付を受けたのは、この西野町の町役場です。この記念館自体、町営ですから。当時の町長が一番よく知っているはずです」

「今も町長ですか？」

「いや。去年、勇退して、今は、町の物産店の名誉店長をやっています。名前は、原《はら》口《ぐち》さんといいます。今七十歳ですが、お元気ですよ」

と、三崎は、いった。

物産店の場所を教えてもらって、国道沿いにあるその店まで、歩いて行った。

かなり大きな物産店で、大型の観光バスが、一台停っていた。

二階の店長室で、名誉店長の原口に、会った。確かに、元気のいい老人だった。

「六年前の件なら、よく覚えていますよ」

と、原口は、笑顔で、いった。

「その時、川本賢三郎さんにも、会われたんですか？」

と、星野が、きいた。

「あの時、娘さんと一緒に来られましてね。名前は、確か、かおりさんです」

「一億円を寄付された時ですね？」

「そうです。最初は、町の口座に寄付されましてね。私が、お会いして、お礼がしたいと電話して、無理に来ていただいたんですが、晴れがましいのは苦手だとおっしゃって、結局町長の私だけが、お会いしました」

原口は、その時、川本賢三郎が、書いてくれたという色紙を見せてくれた。

夏草や　兵《つわもの》どもが　夢のあと

川本賢三郎書

と、ある。

「これ、芭蕉《ばしょう》でしょう？」

と、星野が、いうと、

「そうです。この近くに、会津戦争の古戦場がありましてね。川端藩士二千と、新政府軍一万が三日間激闘を繰り広げています。この時に、川本ゆきが、娘子隊を作って働いているのです。川本先生は芭蕉が好きだといわれて、夏草の生い茂る古戦場を見て、この句しかないといわれて、書いて下さったのです」

「その時、川本さんは、娘のかおりさんを、連れて来ていたんですね？」

「そうです。確か、二十歳になったかのお年でしたよ」

「川本さんは、娘さんのことを、何かいっていたんですね？」

「ええ。川本ゆきに、娘のかおりが、一番似ていると、おっしゃっていました」

「つまり、娘のかおりさんが、一番の自慢だということですね？」

「そうです」

「その時、あなたも、かおりさんに会っているわけですね？」

「ええ。お会いしています」

「川本さんと一緒に、写真は、撮りませんでしたか？　もし、撮っていれば、見たいんですが」

星野がいうと、

「残念ながら、川本先生の写真しか撮っていません。先生も、こうしたことで、娘の写真は撮られたくないといわれましたので」

と、原口は、いう。

「その時、川本さんが話したことを、具体的に教えていただけませんか？」

と頼み、星野は、相手の了解をとって、ボイスレコーダーのスイッチを入れた。

「私は、出版界のことはよく知らないので、小説というのは、そんなに儲かるものですかといって、川本先生が、大笑いされました。先生は、生涯五冊の本しか出さなかったが、どれも売れなかった。作家としては、人生は完全な赤字だったといわれました。先生がいわれるには、自分には若い時から商才があって、本以外で儲けていた。時には、法律に触れそうなこともやった。そこで、今回、その罪滅ぼしに、郷里のために寄付をさせていただいたとおっしゃっていました」

「法律に触れることもやったと、いったんですか？」

「いや、正確には、法律に触れそうなといわれたんです。その時、脱税と節税とは、違うとも。節税は、納税者の権利だともいわれましたよ」

「金儲けの詳しい話は、聞けなかったんですか？」

と、星野は、念を押した。

「そうですよ。一億円もの寄付をして下さった方に向かって、どうやって儲けましたかなんて質問は、できませんからね。川本先生のほうから話して下さったことしか聞いておりません」

「その後、川本賢三郎さんに会ったことは？」

「お会いできないうちに、亡くなられてしまいましてね。ただ、葬儀には、参列させていただきました」

「喪主は、娘のかおりさんでしたね？」

「はい」

「葬儀の時、喪主のかおりさんとは、何か話しましたか？」

「ただ、『もう一度、先生にお会いしたかったのに残念です』と申し上げただけです」

「その後、川本かおりさんと連絡を取ったりしていますか？」

「いや。連絡が取れなくて、困っているので、こちらから、お聞きしたいくらいです。星野さんも、連絡できないんですか？」

「さっきもいったように、うちは、今回、川本賢三郎の『あの星を探して』を、再刊することになったので、何とか、娘のかおりさんに連絡を取りたいんですが、住所も、電話番号もわからなくて、困っているんです。ですから、そちらで、かおりさんの消息をつかめたら、すぐ知らせてほしいのですよ」

星野は、自分の名刺に、携帯電話の番号も書き加えた。

この日は、西野町周辺を取材し、一晩、この町の旅館で過ごすことにした。

会津若松から喜多方にかけては、ラーメンが人気だが、西野町では、ラーメンではなくて、焼きそばだった。理由を聞いたが、よくわからないという。

それでも、夕食には「焼きそば定食」を食べた。

翌朝、旅館で、少し遅めの朝食を食べた。その最中に、電話がかかってきた。宝井社長からである。

「今どこだ?」

と、相変わらず、せっかちに、きく。

「川本賢三郎の郷里、西野町で、これから、帰りますが」

「東京じゃないのか?」

「東京で、何かあったんですか？」

「午前八時半頃、山手線が、田町と品川の間で脱線事故を起こした。怪我《けが》人も出ている」

「怪我人だけですか？」

「今のところ、怪我人が五人だ。山手線の十一両編成の先頭の一両目と二両目が、脱線したといっている」

「内廻りですか、外廻りですか？」

「どっち廻りというのかそんなことはわからないが、品川方面に向かう山手線だ」

「じゃあ、私がいつも、出勤に使う電車ですよ」

「まあ、君が無事でよかった」

「すぐ、戻ります」

「君の知り合いが、乗ってるのか？」

「いいえ、そういうわけではありません」

と、いって、電話を切った。が、もちろん嘘だった。

星野の頭にあったのは、いつも通勤の山手線で会う彼女だった。

第二章　新幹線下りホーム

1

夜になって会津から帰京した星野は、帰り道にその日の夕刊を五紙買って、注意深く事件の記事に目を通した。社会面に大きな活字が躍《おど》っていた。「山手線脱線　負傷者五名、救急車で病院へ」そんな見出しだった。

記事を読むと、こうなっていた。

「山手線の田町－品川間は二・二キロ。その二・二キロを品川方向に向かって走行中、突然、急ブレーキがかかり、一号車・二号車が脱線した。ちょうど、朝の通勤時間帯で車内は混んでおり、一号車の三人と二号車の二人が負傷。直《ただ》ちに救急車で、近くの病院に運ばれた」

と記事があり、負傷者の名前も載っていた。星野は負傷者の名前が、知りたかったので、そこに並んだ五人の名前に注目した。

一号車は三人である。

・板倉敏《いたくらさとし》　三十一歳
・田中悠之《たなかゆうすけ》　二十五歳
・工藤《くどう》あき　二十歳

二号車の二人。

・山下奈津美《やましたなつみ》　二十五歳
・近藤昌夫《こんどうまさお》　三十六歳

この五人が、新聞によれば、負傷して、近くの病院に運ばれたという。星野は少しだが、失望した。負傷者五人の中に、女性は二人。だが、その中に川本かおりの名前はなかった。その上、五人の名前は載っていたが、顔写真は載っていないので、女性

が星野の憧れの彼女かどうかもわからなかった。脱線の原因として三号車に乗ってい
た乗客の一人が、非常停止ボタンを押したからだと、新聞には載っていた。この乗客
はまだ見つからず、業務妨害の容疑で警察が捜している、と、新聞にはあった。

翌日、星野が出社すると、社長の宝井が、

「もう、山手線の脱線については調べなくていいよ」

と、星野に言った。昨日、宝井は、西野町にいる星野のもとへもう一度電話をかけてきて、「君は若いからインターネットを使いこなせるだろ。事故の詳細がわかったら、逐一《ちくいち》、教えてくれたまえ」と言っていたのである。

「うちで働いている中本君《なかもと》がね、毎朝山手線を利用して、出勤して来るんで、心配していたんだが、問題の電車には、乗っていなかった。それに、事故のことは、新聞にずいぶん詳しく載っていた。だからもう、わざわざ君に調べてもらう必要もなくなったんだ」

確かに、中本という社員がいて、日暮里《にっぽり》から、山手線を使って会社に通っていることは、星野も知っていた。社長はその中本が、今回の事故に巻き込まれていないのでホッとしたのだろうが、星野はそうはいかなかった。負傷者の中に川本かおりの名前のないことには安堵《あんど》したのと同時に、少しばかりガッカリしたのだが、二人の女性の

どちらかが、いつも、星野が気にしている女性かどうかを調べたくなった。普通に考えれば、相手はいつも二号車に乗っているから、二十五歳の山下奈津美という女性になってくるのだが。

そこで星野は、退社時間になると、五人の負傷者が運ばれた品川駅近くにある総合病院に、花束を持って出かけて行った。病院の受付で聞くと負傷した五人は、三階の病室に、入院中だという。男性三人は三人部屋、女性二人は二人部屋に入っているが、五人とも軽傷なので、二日もすれば、退院できるだろうと教えてくれた。星野は女性二人の病室に入って行きたいのだが、そこは我慢して、まずナースステーションにいる看護師の一人に案内してもらうことにした。

その病室の入口には、工藤あきと、山下奈津美という名前が書かれていた。中に入ると、星野は宝井出版の名刺を二人に渡しながら、

「週刊誌の記者をやっているんですが、今回の事故について、お話を伺いたいと思いまして」

と喋りつつ、

（ああ、彼女だ）

と内心肯いていた。二号車の山下奈津美が、紛《まぎ》れもなく「山手線の恋人」だったか

らである。二人の女性はベッドの上に起き上がっていた。星野はまず、用意してきたカメラで二人の写真を撮り、それからテーブルの上に、ボイスレコーダーを置くといった、いかにも記者らしい仕草《しぐさ》を見せながら、

「お二人とも、いつも山手線で通っていらっしゃるんですか？」

まず当《あ》たり障《さわ》りのない質問から始めた。

「もう、二年近く通っています。品川駅前の観光会社で働いていますから」

山下奈津美が言い、工藤あきのほうは、

「私も、品川にある短期大学に通っている学生です」

と言う。

「お二人は山手線のどこから、品川まで通っていらっしゃるんですか」

星野がきいた。工藤あきは日暮里からと言い、山下奈津美は上野からだと言った。

山下奈津美は星野に対して、別に警戒する様子もなく、笑顔で答えているが、それが星野には不思議な気がした。星野は先日、山下奈津美を上野まで尾行したが、不忍池の近くで尾行していることを悟られて、変な男が付きまとっていると通報されてしまったのである。

あの時、山下奈津美は星野が尾行していることに気がついていた。とすれば、顔を

見ているのではないだろうか。それなのに、そんなことは一言も喋らずに、ニコニコところの質問に答えている。それが不思議だったのだ。

「脱線については、説明を受けましたか？」

星野がきくと、工藤あきが先に、

「ええ。JRの方がみえて、三号車の乗客の一人が、非常停止ボタンを押してしまったためのようだとお聞きしました」

と言い、山下奈津美は、

「私もそうお聞きしました。今、その乗客を警察と一緒に捜していると言われました。その人、何で非常停止ボタンを押したんでしょう？　事故の寸前までいつものとおり、電車は走っていたのに」

星野としてはいかにも記者らしく、二人に質問をぶつけていたが、看護師が、工藤あきの熱や血圧を測っている間に、山下奈津美に顔を近づけて、小声で、

「先日は失礼しました」

と、言ってみた。

「何のことでしょう？」

と、奈津美がきく。とぼけているのか、星野のことを覚えていないのか。その判断

がつかない内に、看護師が山下奈津美の血圧を測りだしたので、星野は二人に、挨拶をして病室を出た。

星野はその足で目の前の品川駅に行き、ここでも宝井出版の名刺を使って「事故について訊《き》きたい」と言うと、駅長室に案内され、そこで、助役が星野の応対をした。ここでも星野はもっともらしく助役の写真を撮り、それからボイスレコーダーを前に置いて、

「非常停止ボタンを押した乗客は、見つかりましたか？」

と、きいた。

「現在、警察にも協力していただいて捜しているんですが、残念ながらまだわかりません。何しろラッシュの時間帯で、満員に近い乗客でしたから、その中から犯人を見つけるのは、なかなか難しいんですよ」

と、助役が、言う。

「山手線のラッシュの時間帯で、前にもこういうことがありましたか？」

「前に一度、線路上に自転車が放置されていて脱線しかけたことがありますが、今回のように乗客が非常停止ボタンを押しての脱線は、初めてです。これまでにもなかったことです」

「三号車の乗客がなぜ非常停止ボタンを押したのか、理由はわかりましたか？」

「まだわかりません。線路上に何かがあったということもありませんし、三号車で乗客の中に気分が悪くなった人がいて、満員電車の中で倒れてしまった、それで近くにいた乗客が非常停止ボタンを押した、といったことも考えましたが、乗客の中にそうした人はいませんでした」

「そうなると、問題の乗客はどんな理由があって押したんでしょうか？　ほかに考えられることはありますか」

「その乗客自身が気持ち悪くなった、ということも考えられますが、そうした乗客も見つかっていません」

「そうなると、面白半分に、押したんでしょうか？」

「かもしれませんが、何しろ通勤通学の時間帯ですから、いつも同じ列車に乗っている方が多いんですよ。そうした方が、面白半分に非常停止ボタンを押すとは思えません」

と、助役が言った。

「少し気になることがあるんですが」

と、星野は断ってから、

「新聞によると田町－品川間は二・二キロ。その田町から、一・三キロの地点で脱線したと新聞にはあったのですが、これには間違いありませんか？」

「そうですね。我々が調べたところでは、田町駅から品川方面に向かって一・三キロの地点で脱線しています」

「今度、田町－品川間に新しい駅ができることになっていますよね。その場所が確か、品川駅からは九百メートル、つまり田町のほうから見れば一・三キロの地点になっているように思いますが」

星野は負傷した山下奈津美という女性のことが気になって、今回の事故に関心を持ったのだが、そうした関心のほかで一つ気になっていたのは脱線した場所だった。何日か前に新聞記事を読んだところでは、田町－品川間の品川駅から見て北に九百メートルの場所に、新駅ができると書いてあったのである。そのことを思い出したのだ。

「そうですね。確かに、その地点に新駅ができるはずです」

その地点で、三号車の乗客が非常停止ボタンを押して脱線した。これは偶然なのだろうか。それとも何か意味があるのだろうか。

「新駅は、どの辺までできあがっているんですか？」

星野がきくと、助役は笑って、

「二月の十日に、起工式があったばかりですよ。一応、地下部分は工事を始めていますが、できあがるのは、東京オリンピックの直前だと聞いています」

星野自身も、まだ起工式があっただけの新駅には特別に関心があるわけではないので、助役にお礼を言って駅長室を出た。

2

山手線は、脱線事故から丸一日かかって復旧した。いつものように十一両編成で走り、宝井出版に勤める星野もまた、三鷹のマンションから有楽町まで通うという日常に戻った。

品川駅近くの総合病院に入院していた五人も、男三人と女子大生の工藤あきが二日後に退院したが、なぜか、山下奈津美だけ入院が長引き、三日目になっても退院しなかった。星野は心配になって、病院に電話をして山下奈津美の容態《ようだい》を聞いてみた。病院の答えはこうだった。

「山下奈津美さんは、左足の打撲《だぼく》で入院されたのですが、痛みがまだ引かないということで、あと一週間ぐらいは入院することになりました」

「それで、家族が見舞いに来ていますか？」

ときくと、

「ご家族はいないようで、職場の同僚の方が毎日、仕事の帰りに寄っていらっしゃいますよ」

それが病院の答えだった。星野は自然に川本かおりのことを考えた。川本かおりも、父親で作家でもある川本賢三郎が亡くなってからは一人で生活していたと思われたからである。しかし現在、その川本かおりの居場所が、全くわからないのである。

脱線事故から数日後。星野の知らないところで事件が起きていた。ＪＲ東日本の総合指令室、そこへの電話であった。

「本日中に一億円を現金で用意せよ。本日の午後五時に、確認の電話をする。それまでに用意できなければ、明朝、ラッシュアワーに山手線のどこかの駅を爆破する」

脅迫の電話だった。

総合指令室長の小野田《おのだ》は、いたずら電話かもしれないと思いながらも、警視庁に通報し警視庁からは、十津川《とつがわ》班が十名、総合指令室に急行した。小野田室長は十津川を迎えて、

「山手線を標的に脅迫するなんて、こんなことは今までに一度もないので、いたずら

だとは思うのですが、万一のことを考えて、来ていただきました」

「こういう事件は、最悪を考えて最善の手を打つべきですから」

十津川は言い、脅迫電話がかかってきたという電話機には、すぐ録音機を取りつけた。

「犯人は午後五時に、もう一度電話をかけてくると言っているんですね？」

と、十津川は小野田室長に確認した。

「そのとおりです。五時に電話するまでに、一億円を現金で用意しろと言われています」

「それで、用意することにしたんですか？」

「はい。何しろ、山手線はラッシュアワーには二分間隔か三分間隔で走っていますから、もし爆破でも起きたら、大勢の死傷者が出ることになります。ですから、一応、社長に電話して、午後三時までに一億円を用意してくれるように頼みました」

「その現金はこちらに運んでくるんですか？」

「そうです」

「私は山手線に詳しくないんですが、内廻り外廻りというのがありますね。どういうのを外廻り、どういうのが内廻りというのか、教えてもらえませんか」

「東京駅から南へ下がるのが外廻りです」

と、小野田室長が言った。

「そうすると、先日、脱線事故を起こした電車は、外廻りですね？」

「そのとおりです」

「じつは、あの事故について、どうしてもお聞きしたいことがあるんですよ」

と、十津川が言った。

「どんなことでしょうか？」

「新聞報道などによると、十一両編成の電車の三両目に乗っていた乗客の一人が、非常停止ボタンを押した。それで急停車して、先頭の一号車と次の二号車が、脱線してしまった。新聞ではそうなっていましたが、どうも合点《がてん》がいかないのですよ」

「どの点がですか？」

「今までに、誰かが非常停止ボタンを押したので脱線したという事例があるんですか？　私から見ると、そんなことでいちいち脱線していたら、山手線は動かなくなってしまう。停止ボタンを押したくらいでは、脱線しないんじゃありませんか？」

十津川がきくと、

「そうですか。やはり疑問を持ちましたか」

　と小野田室長が言った。

「やはり、あの事故はおかしかった、と——？」

「今、警部さんが言われたように乗客が非常停止ボタンを押したぐらいでは、脱線はしません。急停車はしますが」

「それはどういうことですか？」

「じつは、あの事故の直前に、田町－品川間に自転車が放置されているのを見たという、奇妙な電話が入ったんです。それで、大急ぎで、二十人の保線区員を現場に行かせました。何しろ、あの時間帯はラッシュアワーで、二、三分間隔で走っていますから。それがこの時の写真です」

　そう言って小野田室長は、何枚かの写真を十津川に見せてくれた。ユニフォーム姿の保線区員の男たちが、ばらばらになって田町－品川間の線路を調べている写真だった。

「それで、自転車は見つかったんですか？」

「いや、見つかりませんでした」

「そうなると、脱線の原因はわからずですか？」

「アブラかもしれません」

「油ですか？」

「そうです。つまり、二本のレールがあるでしょう。その片方のレールにだけ、五メートルほどにわたって油が塗られていたんです」

「それが脱線の原因ですか」

「まだ断定はできませんが、理論的にはブレーキをかけた瞬間、油の塗ってあるレールのほうに載った車輪は浮き上がってしまいます。それが即、脱線につながるかどうかわかりませんが、原因である可能性はあると思っています」

「そうなると、今、室長の言われた一連の事件は、すべて今回の脅迫のために行われたとも考えられますね？」

「やはり、そういう見方もできるでしょうか。ただ、脱線事故の原因がまだ断定できないんです。それがわかってから、奇妙な電話についてもご相談しようと思っていたところに、今回の脅迫の電話があったので、急いで、来ていただいたわけです」

と、小野田が言った。

午後三時三分過ぎに、本社から一億円の現金が届けられた。届けたのは社長秘書の加藤正《かとうただし》という三十代の男である。加藤秘書は、十津川に向かって、

「五時までまだ時間があるので、十津川さんに相談したいことがあるんですが」

「私も、あなたに色々と聞きたいことがあります。山手線には何回も乗っていますが、山手線のことについてはほとんど知らないんですよ」

と、十津川は、言ったあと、

「加藤さん、まず、あなたが何を心配しているのか、それを聞かせてください」

「十津川さんもご存じだと思いますが、山手線というのは日本一の混雑路線だと言われています。何しろ、一周三十四・五キロの間に、ラッシュの時には五十本ほどの列車が走っています。二分から三分という短い間隔で、今言った五十本の列車が、走っていますから、その状況で事故が起きたら、どれだけの被害が出るか想像がつきません。それを考えて社長は、悔《くや》しいが犯人の要求どおり一億円の現金を用意されたんです。まず、十津川さんにお聞きしたいのは、この犯人が本気かどうかということです。我々が一億円を払わなければ、本当に、駅や電車に爆弾を仕掛けるつもりでしょうか？」

と、加藤秘書がきいた。

「それは、私にもわかりません」

と、十津川は正直に言った。

「JR東日本の社長さんが、犯人の要求どおり一億円を用意する気になったというのも、よくわかります。山手線の混雑ぶりは私もサラリーマンですから、経験しています。あの混雑した最中《さなか》に爆弾が仕掛けられたりすれば、どれほどの被害が生じるか、考えただけでも恐ろしい。ここにきて、山手線には駅の数が二十九あるということも知りました。犯人が、その二十九の駅のどの駅でも爆弾を仕掛けて爆破すれば、山手線は全部止まってしまうでしょう。それにラッシュアワーの時なら、何人の死者が出るかわかりません。もちろん、JR東日本が犯人の要求を拒否すると言われても、我々としてはそれに応じた対応をするつもりではいますが」

「犯人は、爆弾を仕掛けると言っているんですが、そのとおりにやるでしょうか？それとも、ほかの方法で、山手線を破壊しようとするでしょうか？」

と、加藤秘書がきいた。

「私も今、同じことを考えていたんです。加藤さんが言われたように、ラッシュ時には五十本の列車が環状線の中を走っている。それも二分から三分の間隔で走っているとすれば、犯人は、自由に、どの車両にでも爆弾を仕掛けることができます。また、電車に仕掛けなくても外部から五十本の列車のどの車両にでも、爆弾をぶつけることもできます。そうした危険個所がいくつか山手線には、あるみたいですね。たとえば、これは聞いてびっくりしたんですが、山手線には踏切が一ヵ所あるそうですね」

「それは本当です。二分から三分間隔で走っている山手線ですから、踏切があることは、大きな欠点ですが、それでも一ヵ所だけ、踏切が残っているんですよ。それは、駒込《こまごめ》と田端《たばた》の間にある第二中里《なかざと》踏切と言います。会社としても、何とかなくそうと考えていますが、色々な事情があってなかなか廃止できません。十津川さんはそこで犯人が電車に向かって爆弾を投げる、そういう恐れがあると考えていらっしゃるんですか？」

「はい。踏切があるなら、そこで車で待ち伏せしていればいい。電車に向かって爆弾を投げ、すぐ走り去ってしまえば――と、犯人は考えるかもしれません」

「ほかにも、心配なところが、ありますか？」

「これも今回の事件のために調べたんですが、五反田《ごたんだ》駅がありますね。池上《いけがみ》線のホームは上のほうにあって、その下を山手線が、走っている。あの構造の場合地上四階の池上線のホームから山手線に向かって爆弾を投げることができます。それを防ぐには二十四時間、池上線のホームを見張っていなければなりません」

「そういう心配なら、渋谷《しぶや》駅も似ていますよ。こちらは、地下鉄が普通とは逆に上のほうにあって、下のほうを山手線が走っている。構造的には同じです」

と、加藤秘書が、言う。

「山手線というのは、東京の真ん中をぐるりと円を描いて走っていますからね。それにレールの近くに、家やビルも建っている。したがって、どこからでも爆弾を投げつけられる恐れがあるということですよ。犯人が猟銃を持っていれば、ビルの窓から狙撃することもできます。山手線という路線は、外からの攻撃に、弱いということです」

遠慮なく十津川は、言った。加藤秘書は、黙ってしまった。

「じつは」

と、加藤秘書が間を置いて言った。

「ほかにも心配なことがあるんですよ」

「それは先日の脱線事故のことじゃありませんか？　五人の乗客が負傷した、あの事故でしょう」

「十津川さんも、何か気になりますか？」

「あの時、山手線の車両は品川から田町に向かって九百メートルのところで脱線している。今回、五十年ぶりに新駅ができるのは、あの辺りじゃありませんか。私には、これが、単なる偶然とは、思えない。ひょっとすると、あの脱線事故は、今回の脅迫電話の主《ぬし》が非常停止ボタンを押して脱線させたのかもしれません」

「私も同じことを考えました」

「新駅の工事はもう始まっているそうですね？」

と、十津川が、きいた。

「地下部分がもう始まっています。何しろオリンピックには間に合わせなければなりませんから」

と、加藤秘書が、答える。加藤秘書は、品川駅周辺の地図を取り出して、サインペンで新駅が作られる場所に印をつけた。

「ここに、三十番目の新駅ができるわけです。現在、基礎工事を、やっています。新幹線、山手線、東海道本線など何本もの列車が走っており、その邪魔になってはいけないので、基礎工事の際、地下空間にトンネルを作りましてね。工事の資材はすべてこの地下空間を使って、運んでいます」

「それでは、この基礎工事現場に爆弾を仕掛けて爆破するのは、それほど、難しいことじゃないみたいですね。基礎工事では、何人もの作業員が働いているわけでしょう。その作業員に化けるのは、難しいですか？」

「それは、考えてもいませんでした。作業員は、グリーンの作業着に黄色いライン、それから黄色いヘルメットを被《かぶ》っていて、ヘルメットにはＪＲの文字が、入っています。そうした服装をすれば、誰にも怪しまれずに、地下空間に入っていくことができるでしょう。工事用の資材を運んで来るトラックなら、誰にも止められずに、建設中の地下空間に出入りできるはずです」

と、加藤秘書が言った。

突然、電話が鳴った。室長の小野田が電話を取る。亀井《かめい》刑事が録音ボタンを押す。

「こちら総合指令室」

と、小野田室長が言った。

「私だ。覚えているか？」

と男の声が言った。

「もちろん、覚えている」

「一億円は用意したか？」

「用意して、今ここにある」

「本当に、一億円を用意できているのか？　それを証明してみせろ」

と相手が言った。

「どうやって」

小野田室長がきく。

「そうだな。天気予報によれば、六時頃から首都圏では風が強くなるそうだ。午後七時、いや午後九時ジャストに品川駅の新幹線のホームから、一億円のうちの一千万円を、ばら撒《ま》け。夜になると、風速十五メートルくらいの風が吹くそうだから、ホームでばら撒けば、舞い上がって大騒ぎになるだろう。そうなれば一億円が用意できたことを認めてやる。くり返す。午後九時になったら、品川駅の新幹線の、23・24番ホームから一千万円を、ばら撒くんだ。命令に従わなければ、品川駅を爆破するか、山手線を走る電車のうちの一列車を爆破する。それでは午後九時、品川駅周辺が大騒ぎになるのを待っているぞ」

そう言って男は、電話を切った。

電話が切れると小野田室長は、

「どういう奴《やつ》なんだ」

と、吐き捨てるように言ったあと、続けて、

「十津川さん、犯人はどうして、こんなことをさせるんですかね。まるでこちらを、からかっているように見えますよ。一万円札を千枚もばら撒いたら、大騒ぎになってしまいますよ」

「犯人は非常に用心深い奴です。こうした事件では、カネの受け渡しの時が犯人逮捕のチャンスですし、犯人も一番危険だと思っていますからね。こちらが、一億円用意したと言っても、信用してないんですよ」

と十津川が言った。

「もし、犯人の要求を、拒否したらどうなるんでしょうか？　犯人は、怒って、すぐ、爆弾を投げ込んでくるでしょうか？」

小野田室長がきいた。

「こちらが拒否しても、犯人がどうしてもカネが欲しいとなれば、恐らくもう一度電話してくるでしょう。しかし、断言は、できません」

「それにしても、犯人が品川駅にこだわるのは、どういう訳でしょうか？」

「さっき、加藤さんとも考えたんですが、犯人は、田町と品川の間にできる新駅について、何か、思うことがあるのかも知れません」

と、十津川が言った。

「そうですか――。お客様の安全が保障できないとあれば、やむをえません。ここは、犯人の言うとおりに動いてみて、何を考えているのか、何を企んでいるのか、様子を探りたいと思います」

小野田室長は、一億円のうちの一千万円をボストンバッグに入れると、加藤秘書に向かって、

「私は、犯人からの電話を待つために、ここにいる。君がこの一千万円を持って品川駅に行き、午後九時になったら、新幹線ホームでばら撒いてくれ。一切の責任は私がとる」

と言った。十津川も、若い日下《くさか》刑事と女性の北条早苗《ほうじょうさなえ》刑事の二人に向かって、

「君たちも品川駅に行って見守れ」

と、指示した。

3

犯人が、電話で言ったとおり、午後六時を過ぎると次第に、風が強くなってきた。北風である。午後八時。加藤秘書が、一千万円の入ったバッグを持って品川へ向かった。日下と北条早苗の刑事二人は、間を置いて、出て行った。

品川駅に着く。ラッシュアワーから時間が経《た》っているので、新幹線ホームはかなり空《す》いていた。風がいよいよ強くなっている。加藤秘書は、ホームの先端近くまで行っ

て、札束を取り出して、封を切り、時間を待った。

二人の刑事は、少し遅れて、品川駅の23・24番ホームにおりてきた。

品川駅の新幹線ホームは二本。23・24番ホームは、品川駅構内の一番端《はし》に位置して、新大阪、博多《はかた》方面の下り専用。隣のホームは、21・22番線で、こちらは東京駅方面の、上り専用である。

「犯人が、わざわざ23・24番線を指示したのは、一番端だからかしら？　それとも、下り線ホームだからかな？」

と、北条刑事が、ホームを見回した。

「どちらも考えられるよ。逃げようとして、発車寸前の列車に飛び乗るとしたら、隣のホームは、上り専用で、次は終点の東京だからね。その点、こっちのホームなら、下りだから、遠くまで逃げられる」

と、日下刑事が、言った。

日下は、品川駅を午後九時以降に発着する新幹線の時刻表を作っていて、コピーしたものを北条早苗に渡した。

下り品川発　　　　上り品川発

21：04　こだま807号	21：03　ひかり532号
21：07　のぞみ261号	21：06　のぞみ　48号
21：17　のぞみ263号	21：09　こだま676号
21：21　こだま701号	21：16　のぞみ252号
21：30　のぞみ265号	21：26　のぞみ　50号
21：37　ひかり537号	21：33　ひかり480号

下りだけでなく、上りの時刻表も書いておいたのは、犯人が、隣の上り線ホームで、これから始まる奇妙な儀式を見守っているかも知れないからである。午後九時に近くなると、日下は、隣の上り線ホームに移動した。

北条早苗は、下り線ホームに残り、ホームをゆっくり歩きながら、観光客のように、あるいは鉄道マニアの真似をして、持参したデジカメで、ホームの写真を撮りまくった。

加藤秘書は、ホームの端にしゃがみ込んで、腕時計を見つめた。

幸い、午後九時ジャストに品川駅を発着する新幹線はない。

初めのひと摑《つか》みを投げる時に、ホームに列車がいないことは、加藤秘書には、ありがたかった。列車に乗り降りする人たちの顔に当たったりする心配がないからである。

午後九時。

二つのホームに、列車の姿はない。加藤秘書は、かがんだ姿勢のまま、一万円札をひと摑みして、投げあげた。強い風に押されるようにして、何枚かの一万円札が、宙に舞った。

最初は、反応がなかった。というよりも、ホームにいた人たちは、飛んでくるものが、一万円札とはわからず、慌てて、よけたのである。

そのうちに、誰かが、「一万円札だ！」と叫び、「ニセ札じゃないか？」という声も入り混じって、ホームの人々が、騒ぎ始めた。

加藤秘書は、構わずに、一万円札を、ばら撒き続けた。

騒ぎは、どんどん大きくなっていく。

列車が到着すると、加藤秘書は、撒くのを止めた。ＪＲ東日本の社長秘書の加藤としては、この騒ぎで、列車を遅らせたくなかったのだ。

列車が発車すると、加藤秘書は、また、一万円札を、撒き始めた。新幹線ホームは、ほかのホームに比べて、閑散《かんさん》としているが、それでも騒ぎは大きくなり、事情を知らない駅員が飛んでくる。それを、日下と北条早苗が、警察手帳を示して、戻ってもらうということも起きた。

これが山手線のホームだったら、午後九時過ぎとはいえ、短い間隔で到着する電車に乗り降りする乗客たちも一緒になって、さらに騒ぎは大きくなっていたに違いない。新幹線ホームであるために、かなり抑えられたものになっていた。といっても、飛んでくるのが一万円札とわかると、慌てて拾う者や、携帯を取り出して、それで写真を撮る者が、続出した。日下と北条早苗は、二本のホームで、騒いでいる人々の中に怪しい人間はいないかどうかを注意し、片《かた》っ端《ぱし》からシャッターを押していった。

ばら撒かれた一千万円は、強風のためにそのうちの半分以上が宙を舞い、品川駅のホームから遠い場所まで飛んで行ってしまった。それでも、三分の一近くはホームにいた人たちが拾い上げ、黙って持ち去った者もいれば駅の事務室に届けに来る者もいた。日下と北条早苗は、そういう人たちの写真も撮っていた。犯人がどんな意図で、こんな指示を出したのかがわからなかったからである。

午後十時ジャストに、総合指令室に電話が入った。電話に出た小野田室長に向かって、犯人が言った。

「こちらの命令どおりに、一千万円をばら撒いたことを確認した」

「それでは、これからどうしたらいい？」

と、小野田室長が、きいた。

「残りの九千万円はそこにあるんだな？」

と、犯人が、念を押す。

「この九千万円をどうする気だ？」

「今日は確認のための儀式で満足した。明日、正午に電話する。それまで、私の九千万円を大事に保管しておいてくれ」

そう言って、犯人は電話を切ったが、小さく笑っているような気配を感じ、小野田室長は電話が切れてからもしばらく受話器を持って、苦い顔をしていた。

テレビのニュースがこの騒ぎを伝え、翌日の朝刊がこの事件を詳しく伝えたが、ＪＲも警察も実《み》のあることは何も言わなかったし、犯人が声明を発表することもなかったから、奇怪な騒ぎとか反社会的行為とか書き立てられ、中には資産家の悪い道楽らしいと報じた新聞もあった。脅迫電話のことも明かされず、警察やＪＲ東日本から大した発表もないから、事件の報道には、勝手な憶測が渦巻いていた。新聞が書いたように、反社会的な人間の行動なのか、それとも資産家の道楽、あるいは遊びだったのだろうか、ぐらいにしか、一般の人は想像しなかったに違いない。

そんな中で星野も、朝刊で、この事件を知ったが、一般の人々とは、少し違った考えを持った。それは、「品川駅の新幹線ホーム」から大金がばら撒かれたとあったからである。いやでも、先日の脱線事故のことを、思い出さずにはいられなかったのだ。

星野が敏感に反応した第二の理由は、やはり山下奈津美という女性のことがあった。五人の負傷者が出た脱線事故で、五人は同じ品川駅近くの総合病院に運ばれて、手当てを受けた。ほかの四人は二日ぐらいで退院してしまったが、山下奈津美は一週間の入院と言われていた。とすれば、ひょっとすると、この騒ぎをあの病室から目撃できたのではないのか？

想像を巡《めぐ》らして居ても立ってもいられなくなった星野は、もう一度花束を持って、山下奈津美の入院している総合病院に出かけていった。受付で、三階の病室にいる山下奈津美の見舞いに来たと言うと、

「今日の午前十時に退院されましたよ」

と、女性職員が言った。

「しかし、一週間は入院すると聞いていたんですが」

と、星野が、言った。一週間入院しているなら、今日もまだ病室にいるはずだった

からである。

「その予定でしたが、もう大丈夫と言われて、急に退院されたんです」

と、職員が、言う。

「すみませんが、彼女が入っていた病室に案内してもらえませんか」

と言って、星野は前と同じように、宝井出版の名刺を見せた。その名刺の力か、三階の病室に案内してくれた。前に入った病室である。あの時は、二人の女性が入院していて、その入院患者のためでもあったのだろうか、窓のカーテンが閉まっていた。

星野は窓まで行ってカーテンを引いた。

(やっぱりだ)

と思った。その三階の窓から、品川駅の新幹線ホームがよく見えた。特に、端のホームが。

昨夜、山下奈津美はこの病院にいた。そして駅のホームの騒ぎを知って、この窓からその騒ぎを見ていたのではないのだろうか。いや、絶対に見ていたに違いないと星野は思った。しかし、だからと言ってどうだということもないのだが、目撃者に違いないという確信が、なぜか星野には大事なことのように思えたのである。

がらんとした二人部屋の、病室に似合っている小さな花瓶に、持って来た花束を差し込むと、星野はその足で品川署に向かった。警察があの脱線事故について捜査していると、聞いたからである。しかし、品川署には脱線事故の捜査本部という看板はどこにもなかった。

(あの脱線事故については、警察は調べていないのか)

と思ったのだが、それにしては品川署内の空気がおかしかった。妙に、ピリピリしているのである。星野が、

「何かあったんですか？」

ときいても、受付の警官は、

「いや、何もありませんよ」

と、素っ気《そけ》ない答えを返してきた。そのことになおさら、星野は疑いを持った。何か事件があって署内の空気がピリピリしているのだろう。昨夜起きたホームでの一万円札のばら撒き事件なのかと考えたが、あの事件については、警察もＪＲも、何も話すことはない、反社会的な人間か、資産家の遊びか、そんなものだろうということしか、発表していなかったからである。

仕方なく、星野は品川署をあとにしたが、疑問は深まるばかりであった。その理由の一つは、山下奈津美のことだった。とにかく退院したのだから、いつものように東

京駅で山手線に乗り換えて、二両目の一番先頭のドアから乗れば、もう一度、山下奈津美に会えるだろう。そう考えて、星野は次の日、いつもの時間に家を出て、東京駅で山手線に乗り換えた。十一両編成の山手線の二両目の一番先頭のドアから乗り込んだ。だが、いくら見回しても山下奈津美の姿は無かった。そこで品川駅に行き、彼女が働いていた観光会社の品川支店に行ってみたが、そこにも彼女の姿はなかった。星野は窓口にいた女性社員に、

「山下奈津美さんはまだ、会社を休んでいるんですか？」

ときいてみた。すると、

「山下さんは、しばらくお休みを取るみたいですよ」

という答えが返ってきた。

「しかし、治ったから退院したんじゃないんですか？　昨日、品川の病院を退院していますが」

「そうなんですけど、あの脱線事故のせいで、仕事が辛くなったと言っておりまして、会社もそれを認めて、しばらくお休みするそうです」

「それでは今は、自宅にいるんですか？　確か上野の近くのマンションが、山下さんの住所でしたね？」

「私にもどこにいるかわかりません。少しゆっくり休養したいので、どこか静かな場所に行くと言っていたという話も、聞いておりますが」

「じつは、山下さんが負傷したという話を聞いて、病院までお見舞いに行ったんですよ。そんなこともあって今、山下さんがどこにいるのか、どんな状態なのか、それだけでも教えてもらえませんか」

「ですから、しばらくお休みを取るということしか言えないんです。今どこにいるのかは、私も存じません」

と相手は、くり返した。

星野はその後、品川支店の支店長にも会ってきいてみたが、支店長も、しばらく休みを取ったということは知っていても、現在どこにいるのかはわからないと言った。

4

こうなると、星野も意地になってきた。上野へ行き、先日尾行して山下奈津美が入るのを見届けたマンションに行き、管理人に聞いてみた。しかし、管理人もこう言うのである。

「ここの302号室にいらっしゃるんですが、なんでも列車事故に遭《あ》って、精神的に参っていらっしゃるそうで、しばらく静かなところへ行って来ると言い、出かけられました。どこに行ったかはわかりません」

同じ結果である。残る場所は会津しかなかった。星野は、会社に黙って、勝手に東北に行ってみることにした。しかし、西野町に関係するのは作家の川本賢三郎と、その娘の川本かおりである。山下奈津美ではない。それでも星野は、ほかに目当てもないので、別人と思いながらももう一度、西野町に行ってみることにした。

星野はどこかで、川本かおりと山下奈津美が同一人物ではないか、そうあってほしいという、そんな期待を持っていたのである。

西野町の町役場に行った。相手をしてくれたのは助役で、先日の出張でも訪ねていたことから星野の顔を覚えていて、笑顔で迎えてくれた。それに、力を得て、

「川本かおりさんはこの西野町に戻ってきてはいませんか？」

と、きいた。頭の中では、ここに戻ってきているのならば会ってみたい。会って、山下奈津美と同一人物であるかどうか確認したいと思っていた。理性的には別人だと思いながらもである。

しかし、助役は、

「残念ながら、川本かおりさんは、ここには戻ってきていらっしゃいませんよ。できれば戻ってきて、この町に住んでいただきたいと思っているんですがねぇ」

と、言った。

「山下奈津美という名前はご存じありませんか？」

それを手帳に書いて、助役に示しながらきいた。助役は変な顔をして、

「その方は、どういう方なんですか？」

と、きき返してきた。

「いえ、東京で知り合ったんですが、何度もこの西野町に行ったことがある、と言っているんですよ」

星野は、ほんの少し嘘をついた。

「ああ、そうですか」

助役は、星野の言葉を信じているようで、

「一応、調べてみましょう。この町は過疎《かそ》の町ですが、それでも東京から移ってきてくれた人が何人かいますから」

と言って、すぐ住民票を調べてくれた。だが、

「残念ながら、山下奈津美さんという女性はこの町にはおりませんね」

と、言った。たぶんそうなるだろうと思ってはいたのだが、それでも星野は少しばかりがっかりした。

その日、星野はいったん、会津若松に戻って一泊することにしたが、そこへ社長の宝井から電話が入った。

「どこにいるんだ？」

と、明らかに怒った声だった。

「会津若松の近くです。例の川本賢三郎について色々と調べることがありまして。彼の先祖がこの近くで会津戦争の時に新政府軍と戦っていますから、それも調べたいと思ったんです」

「しかし、そんなことは前に調べたじゃないか。何か新しいことがわかったのか？」

「川本賢三郎の一人娘、川本かおりが見つかりそうなんですよ。見つかれば著作権継承者の彼女に直接交渉できますし、今度出す本に彼女の話も、載せられますから」

と、また嘘をついた。

「本当に川本かおりが見つかりそうなのか？」

「そうなんですよ。見つかったらそれこそ、川本賢三郎の本を出す意味が、大きくなるんじゃありませんか。この川本かおりという娘が、会津戦争で有名になった先祖の川本ゆきと、性格も顔もそっくりだそうですから、うまくいけば本が売れますよ」

と、星野は、言った。

「それならばあと二日やるから、捜しあててくれ。ただし、費用は当面そっち持ちだ。勝手に行ったんだからな」

と言って、宝井は電話を切ってしまった。

二日間の時間をもらえたので、星野は急に気持ちが大きくなった。ホテルにはもう一泊することにして部屋のベッドに横になり、天井を見つめながら、勝手に想像を逞しくした。川本かおりと山下奈津美が同一人物であるという勝手な空想である。どうしたら川本かおりが山下奈津美という名前を名乗れるのか、色々なケースを考えてみた——。

第三章　事故と誘拐

1

星野は、社長に嘘をついて、二日間の猶予《ゆうよ》を手に入れた。会津にいれば川本かおりの秘密がわかると言ったのは、嘘である。とにかく、二日間の時間ができたので、その間に、何とか川本かおりの消息を摑みたいというのが本音だった。星野の頭には、川本かおりが山下奈津美に違いないという信念に似たものがあった。いや、信念と言うよりも希望かもしれない。山下奈津美が、川本かおりであってくれたらいいという思いである。

星野は再度、川本家のゆかりの地である西野町に向かった。列車の中で星野はカメラを取り出し、そこに、保存している川本かおりの顔写真と、山下奈津美の顔写真とを呼び出して、比べてみる。山下奈津美の写真は、山手線の事故の後、品川駅近くの病院に入院している時に、星野が取材と偽《いつわ》って、撮った写真である。二人のことをまったく知らない人間にこの二葉の写真を見せたらたぶん別人と言うだろう。しかし、星野の眼には、山下奈津美が病院に入っている間に化粧を変えた、もしくは、化粧を変えることによって、川本かおりからどんどん遠ざかろうとしているように見えて、仕方がないのである。つまり、別人に見えるように、化粧の仕方を変えたとしか思えないのだ。そう考えると、川本かおりと山下奈津美は同一人物ではないか、という疑いが自然に濃くなってくる。

星野は次に、二人の名前に注目した。川本かおりという名前は実在する。山下奈津美も実在する名前だと、星野は考えた。山下奈津美が働いている観光会社は、大手の会社である。そんなところにまったく架空の名前で就職することなど、できないだろう。したがって、山下奈津美という名前も実在すると考えるべきだ。

一番無難な考えは、川本かおりと山下奈津美が、別人だということで、それなら何の問題もない。しかし、星野は頑固に、川本かおりと山下奈津美が同一人物ではないかと、考えている。星野は、列車に揺られながら、自分の推理を進めていった。そうすると、こんなことが想像されてくるのだ。ある時、川本かおりと山下奈津美が一緒にいた。他にも、何人かいたかもしれない。そこで、事故が起きた。その事故で、山下奈津美が死亡した。川本かおりは、彼女自身が死んだことにして、山下奈津美に変身した。二人は同じ二十五歳、身長・体重ともに同じくらいに見えるし、何よりも、顔が似ていた。だから、死んだのは山下奈津美なのに、川本かおりが死んだとなっても、周辺の人たちは怪しまなかったのではないか。その後、川本かおりはこの世の中にいなくなってしまい、彼女が化けた山下奈津美が生き続けている――。

星野はそんな考えを頭の中で巡らせ、自分の想像する事故がどこかで現実にあったとすれば、川本かおりが、山下奈津美になっていることを証明できるかもしれない。そのためには、最近どこかで川本かおりが死んだ事故、あるいは事件を見つけなければならない、と星野は自分に言い聞かせた。

十津川は戸惑《とまど》っていた。犯人の行動に、である。犯人は一億円を要求し、その中の一千万円を品川駅の新幹線下りホームでばら撒けと指示してきた。その要求は実行され、当然その後で新しく一億円を、要求してくるか、あるいは残りの九千万円を、要求してくるか、どちらかを電話してくるだろうと考えていたのである。ところが、なぜか犯人はその電話をかけてこないのである。ＪＲ東日本社長室にもかけてこないし、総合指令室にも犯人からの電話はなかった。そのことに、十津川は戸惑っているのである。

犯人の要求に応じて一千万円をばら撒いた日から一日、二日と日が過ぎても、犯人からの連絡はなかった。そうしている間に、奇妙な問題が新駅の建設現場で、生じていた。

新駅の地下工事は、三つの大きな建設会社が請《う》け負《お》っていた。その一つ、新銀河建《しんぎんが》設の作業員が突然、工事に来なくなってしまったのである。三つの建設会社の中では最も小さな会社だったが、それでもこの会社が工事を止めてしまえば、新駅の地下工事は大幅に遅れてしまう。そこで、JR東日本は、すぐこの会社に電話して、なぜ工事に来なくなってしまったのかをきこうとした。ところが、どの電話も、相手が出ないのである。東京駅八重洲《やえす》口にある新銀河建設の本社に行っても、会社には誰の姿もなかった。会社は存在するのだが、肝心の社員や作業員たちが突然、姿を消してしまったのである。

現場で働いている人間の数は、総勢二千人。このうち、新銀河建設は四百六十人。その四百六十人が消えてしまったのである。

十津川はすぐ、JR東日本社長秘書の加藤と、総合指令室の小野田室長に会って、質問した。とても信じられなかったからだが、小野田室長は怒りを込めて、答えた。

「こんなことは、前代未聞です。建設会社が途中で工事を中断して、全員、消えてしまうなんてありえないですよ。大事な工事ですから、たとえ病気になったとしても、それを押して、現場にやって来るのが普通でしょう。それがなぜ、いなくなってしまったのか、わけがわかりません」

加藤秘書の答えも、同じだった。

「なぜこんな事態になったのか、まったくわかりません。新駅の地下工事は、三社とも喜んで契約して、やってくれていたんですよ。新銀河建設は一番小さな会社ですが、それでも工事については、いい腕を持っています。その部分が、ゼロになったら、他の二社の工事にも影響が出ますからね。新駅の地下工事は大幅に遅れてしまいます」

「その会社から派遣されてくる作業員は、四百六十人だそうですね」

「そうです。この会社は、基礎工事を、請け負っているので、それが完成しないと、他の二社も作業ができないんですよ。それで、困っています」

「何とか連絡は、取れないんですか？」

「今も言ったように、東京駅八重洲口の本社に行っても誰もいませんからね。社長の自宅に電話しても、誰も出ません。あの会社自体が、消えてしまったような感じです。我々にもなぜこんなことになったのか、事態が把握できずにいます」

「この事態を作ったのは、一億円を要求してきた犯人だと、思いますか？」

「そこがわからないのです。一億円を要求してきた犯人は、一千万円を、ばら撒けと言いました。そうやって、一億円が用意されているのを確認したわけですから、なぜその金を、要求してこないのか。一億円を欲しがっている犯人が、建設会社の人間を全て誘拐したとは、とても思えません。理屈に合いません」

「どうも、何かが、狂っているような感じがしますね。二つの事件の犯人は同一人物であると仮定してみましょう。しかし、同一人物だとすると、要求がまったく違いますね。一億円を要求した一方で会社ごと消してしまい、今回は金を要求してこないわけでしょう？」

「はい。今のところ、何も要求してきていません。だから我々も、どこに連絡していいかわからないのです」

「そうすると、建設会社が消え失せた件は、金が目的ではない？」

「そうですね。目的はたぶん、工事を遅らせることでしょう」

加藤秘書が、うめくように言った。

十津川は、その場から、新銀河建設の本社がある東京駅八重洲口のビルに刑事を二人、向かわせた。しかし、彼らも、現場から十津川に電話してきて、

「今、本社のあるビルにいます。新銀河建設は、一階から三階までのフロアを使っているんですが、誰もいません。いなくなってしまった社員を、捜しようがありません」

と、言った。

その報告を受けた十津川は、

「これから、どう対処するつもりですか？」

と、小野田室長に、きいた。

「今、建設ラッシュです。余裕のある大手の建設会社は皆無です。したがって、これから新駅の工事を引き受けてくれる建設会社を探すのは、まず、無理でしょう。ですから何とかして、消えてしまった四百六十人を見つけて、工事に来てもらう。それ以外にありません」

と、小野田室長が、言う。加藤秘書も、同じようなことを言ったあとで、

「いつまでこの異常事態が続くのかわかりませんが、あと二、三日、こんなことが続いたら、新駅の地下工事は大幅に遅れてしまいます」

事態を心配して、三上《みかみ》本部長も現場を見にきた。十津川たちが彼を地下工事の現場に案内した。十津川の目にも、工事の遅れがはっきりしている地下工事である。

まず、土台となる基礎の工事をしてから他の建設会社二社の工事が、始まる。その作業が大幅に遅れているため、他の作業員も、動きがとれずにいるのである。

「この事件を起こした犯人の狙いは、はっきりしているね」

と、三上が、言った。

「新駅の工事を遅らせるのが、犯人の目的だ」

と、続けた。

「それは、わかっているんですが、どう対応したらいいかがわからないんです。警察は、事件の解決には動けますが、工事の遅れには、どうしようもありません」

と、十津川が、言った。

「一億円を要求してきた犯人と、同一人物なのか？」

と、三上が、きいた。

「それも考えましたが、わかりません。今のところ、今回の事件で、犯人は、何も要求していませんから」

十津川が、言った。

2

星野はまた、西野町役場を訪ねて行った。他に川本かおりの行きそうな場所が、思い浮かばなかったからである。さほど期待しないで行ったのだが、事態は急転した。西野町役場の助役が、星野に、

「川本かおりさんの消息が、摑めそうなんですよ」

と、言ったのだ。

助役の話によると、この西野町も過疎に悩んでいる。人口は一万人と少し。とても市には昇格できないうえに、人口も毎年少しずつだが減っている。何とかして町おこしをやりたい。

「この西野町が生んだ作家、川本賢三郎さんの本がおたくで出版されることになった。そこで、一人娘の川本かおりさんを見つけ出し、本の出版と合わせて彼女を呼んで盛大な記念パーティをやりたいと思っているんですよ。そこで、行方のわからない川本かおりさんを、町を挙げて見つけ出そうということになって、地元の新聞に記事を書いてもらいました。そうしたら、今日になって、こんな手紙が役場に届いたんで

す」

助役はその手紙を、星野に見せてくれた。この西野町の役場宛てに届いた手紙である。星野はその手紙を読んだ。

「川本かおりさんという方の行方を捜しているという記事を、インターネットで見つけました。私は、川本かおりさんとは、何の関係もない大学生ですが、もしかしたらと思い、お知らせします。

去年の二月六日にバスで、志賀高原《しがこうげん》にスキーに行った時のことです。私の乗った長距離バスは、その途中の国道でスリップして崖から転落。十五人の乗客の内、三人が亡くなって、四人が重傷を負いました。私は軽い怪我だけで、助かったのですが、その時、亡くなられた三人の中に『川本かおり』という名前がありました。お捜しの人とは同姓同名の違う人かもしれませんが、一応お知らせします」

差出人は、東京都世田谷区内の高橋誠二《たかはしせいじ》となっていた。

「インターネットで事故の記事を調べたら、たしかに、川本かおりという名前がありました。ただ、顔写真が鮮明ではなかったので、それがこちらで捜している川本さんと同一人物かが、はっきりとわからないんです。これから、志賀高原に行って、向こうの警察に、いろいろきいてみようと思っています」

と、助役が、言う。

「ぜひ私も同行させてください」

星野が、言った。

町役場の出してくれた車に乗って、星野は助役と一緒に志賀高原に、向かった。今は四月。雪のない国道長距離バスをひたすら走った。

「あの事故は、を、長距離バスを動かしていた東京のバス会社の責任ですよ」

その事故を調べた、刑事が、言った。

「東京を夕方出発して、志賀高原には朝、着く予定に、なっていました。途中の国道がアイスバーンになっていたんです。慎重に、ゆっくりと、運転しなければならないのに、運転手は、とにかく時間どおりに到着しなければいけない、そう思って、焦《あせ》っていたんでしょうね。アイスバーンで滑《すべ》って、運転手があわててブレーキをかけましたが、崖から転落。三人もの犠牲者を、出してしまったんです。事件の後、問題のバス会社は、営業停止になっています」

と、刑事が、言った。

「亡くなった川本さんの、生前の顔写真がありますか。役場で捜している人かもしれないのです」

と、西野町の助役が言うと、刑事が、顔写真を持ってきてくれた。

（やっぱりだ）

と、星野は、頭の中で叫んでいた。それは、見覚えのある、あの女性のものだった。

西野町の助役は、小さく溜《た》め息《いき》をついて、

「これで、出版記念パーティは、難しくなりましたね」

「身元は、確認されたんでしょうね？」

星野が、きいた。

「もちろんです。携帯していた運転免許証、それから、バスには、川本さんの友人も乗っていましたから、その証言もあります。たしか、友人と一緒に、二人で、志賀高原にスキーに行く途中だったはずです。その友人が、証明してくれたんです。ただ、川本かおりさんは家族が亡くなっていて、東京に、一人で住んでいるというので、家族に知らせることは、ありませんでした。友人が確認しましたし、こちらで茶毘《だび》に付した時にも、その友人が出席しています」

と、刑事が、説明した。

「友人の方の名前は、わかりますか？」

「もちろん、わかりますよ。ええと、山下奈津美さん。亡くなった川本かおりさんとは、同じ二十五歳。親友だったと言い、終始、涙を流しておられました」

刑事が、言う。

(ぴったり一致した)

と、星野は、思った。

「とにかく、弱りました」

西野町の助役は、しきりに、弱った、弱ったを連発した。先日、星野は助役に、山下奈津美の名を告げて、西野町に関係する人物かどうかを尋ねたが、助役はそれを覚えていないようだった。

「これで、うちの町での出版記念パーティは難しくなりました。他のことを、考える必要があるかもしれません」

「事故の時も一緒だったという山下さんがいるじゃありませんか。山下さんを呼んで、亡くなった川本かおりさんについて話してもらうのは、どうでしょうか。もちろん、うちも、全面的に協力しますよ」

と、星野が、言った。

「そちらでお出しになる川本賢三郎さんの本が、ベストセラーになればいいんですがね」

「西野町の人口は一万人以上でしょう？」

「そうですが、毎年わずかずつ減っています」

「その全員で、今度うちで出す本を、買ってくれれば、何とかなりますよ。特に今回の本は、ハードカバーですから、それが一万冊売れれば、最近では、ベストセラーになります。評論家も取り上げてくれる。川本かおりさんがいないのは、痛いですが、十分、町おこしになると思いますよ」

と、星野が、言った。それで、助役も元気を取り戻して、

「では、残る課題は、どうやって山下さんと連絡をとるか、ですね」

と、言った。

「じつは、ちょっとしたことで、この山下奈津美という女性を、知っているんですよ。ですから、そちらが川本賢三郎の出版記念パーティをしてくれれば、西野町に来てくれるように、彼女を説得してみます」

と、星野は、言った。

「本当に、山下奈津美さんをご存じなんですか？」

「今言ったように、あることで、ちょっとした知り合いになっています」

「山下さんという女性は、どういう人ですか？」

「川本かおりさんに似た、美人ですよ」

と、星野が、言った。

「いや、驚きました。人間の運命というのはわからないものですねえ」

助役がまた、溜め息をついて、

「同じバスに乗っているのに、事故で死んだ者もいれば、無事だった人もいる。特にこのお二人は、友達だったわけでしょう？　その片方が、死んでしまう。生き残ったほうの山下さんは、どんな気持ちなんですかねえ」

と、言うそばで、星野は別のことを考えていた。

間違いなく、川本かおりが、山下奈津美にすり替わったのだと思う。偶然の事故を利用したのか。それとも、この事故は作られたものなのか。その辺のところは、星野にもわからない。

（それにしても――）

と、星野は、思う。

背恰好が似ているといっても、よく、バレなかったものだと感心する。

川本かおりは、天涯《てんがい》孤独だから、彼女が事故死したとなっても、それを疑う人間はいないだろう。

問題は、山下奈津美のほうである。

家族や、友人がいたら、バレそうである。それに、勤め先の観光会社がある。そこで、疑われなかったのだろうか？

もう一つ、住居の問題がある。今、山下奈津美は、上野の不忍池近くのマンションに住んでいる。あのマンションに、川本かおりが山下奈津美に化けて、入居しているのだとしたら、よく疑われなかったものだという気がするのだ。

しかし、今でも、疑われずにいるというのは、何か、彼女を助けるものがあるのだろう。まず、それを知りたい。そう考えると、山下奈津美に会うのが楽しみになってきた。

「何だか、嬉しそうですね」

助役が、少しだが、咎《とが》めるような眼で、星野を見た。星野は、あわてて、

「今も言ったように、この山下さんという女性とは、ちょっとした知り合いなんですよ。その人が、この事故の時に助かった、運のいい女性だと思って、つい、嬉しくなってしまったんです」

と、言った。

「それでは、星野さんから山下さんに話していただけませんか。今回、うちの町で川

本賢三郎さんの出版記念パーティを開くので、できたら、亡くなった川本かおりさんの友人として、出席していただけませんか、と。そう言っていただけますか？」

「わかりました。東京に帰ったら、話をしてみますよ」

星野は、言った。

3

マスコミも、工事の遅れと新銀河建設に起きた奇妙な事件を、派手に取り上げた。特に、新銀河建設への非難が強かった。

「どういうつもりかわからないが、社会的責任を忘れて、行方をくらましてしまう。この会社の無責任さも問題だが、前日まで働いていた四百六十人の作業員は一体どこへ消えてしまったのか。これ以上の無責任はないだろう。おかげで新駅の地下工事は大幅に遅れている。この責任は、誰が取るつもりか？」

どの新聞も、書き立てた。

ところが、四日目になると、突然、批判の文字が紙面から消えてしまった。十津川が調べたところ、新銀河建設の若い社長と、三歳の長男の二人が誘拐され、「人質を返してほしければ、これから五日間、新駅の基礎工事から、手を引け。関係者は全員姿を消すこと。さもないと人質を殺す」と記した脅迫状が、届いたというのである。警察に届けたら社長父子《おやこ》を殺し、新駅の工事でこの会社が担当している部分を爆破する、ともあったので、仕方なく、作業員を出さず、新駅の工事からも手を引いていたというのだ。

その後、犯人の約束どおり人質は無事戻り、六日目の朝になると、四百六十人の作業員も、工事現場にやって来たし、東京駅八重洲口の本社にも社員が出勤してきた。さっそく、十津川と亀井は、まず本社に行って、誘拐されていた社長に会って話を聞いた。

三十歳の若い社長は、十津川に向かって誘拐された時の様子を話してくれた。

「ＪＲ東日本の社員だと名乗る男から、今回の工事について、至急、相談したいことがあると言ってきて、迎えの車が来たんですよ。そういうことが今までに、何回もあったので、別に疑いもせずにその車に乗りました。そうです。六日前の夜です。とにかく、難しい工事についての話だったら困るなと思いながら車に乗っていたら、突然、何かを嗅《か》がされましてね。気が付いた時には、どこか場所もわからない家の中に運ばれていました。驚いたことに、そこには三歳になる息子も同じように誘拐されていたんです。場所はまったくわかりません。とにかく広い家で、監視するのは数人の頑丈《がんじょう》な体つきの若者たちで、その若者たちも皆、私や息子に会う時は覆面をしていたので、顔はわかりません」

「四百六十人の作業員たちも、行方がわからなくなっていましたね」

「作業を中止して、全員でどこかに五日間、隠れているように命令されたんです。そこで、副社長に頼んで、全員で沖縄《おきなわ》などに姿を隠しているように言いました。何しろ、四百六十人ですからね。大変な出費でした。腹が立って仕方ありません」

社長が、言う。

「じつは、今回の誘拐事件の前に、ＪＲ東日本が脅迫されましてね。一億円を要求されていたんですが、その件とこちらの誘拐事件とは、関係があるのかどうか、調べているところです。仕事を中断する他に、一億円を、要求されたことはありませんか？」

と、十津川が、きいた。

「それはありませんでした。しかし、五日間も作業をやらなかったんですから、こっちは一億円の損害どころじゃありませんよ。五日で五億円、一億円なんて一日分です」

と、社長が、言った。

奇妙な数字の一致があることが判明した。脅迫されて新駅の基礎工事を一時的にストップせざるをえなくなった新銀河建設は、一日あたりの損害額を一億円だと言っていた。また、新駅の基礎工事が大幅に遅れてしまったため、ＪＲ東日本が計算したところ、こちらも五日間の工事の遅れによって、一日あたり一億円の損害が出たと、発表された。奇《く》しくも、両社ともに、一日に一億円の損害を被《こうむ》ったのである。

十津川たちの仕事は、もちろん、犯人の逮捕である。そのために、次の日にもう一度、新銀河建設の社長に会って、誘拐された時の様子を話してもらうことにした。だが、社長は、同じことを繰り返した。

「まんまと騙《だま》されて誘拐されましたので、監禁されていた家がどこにあったのか、まったくわからないのです。それに、前にも話したとおり、犯人たちは全員が覆面をしていたので、どんな顔をしているのか、わからないのです」

十津川は、四百六十人の作業員を五日間、沖縄などに隠していた副社長にも、話をきいた。

「こんなことは、生まれて初めてですよ」

と、五十代の副社長が、言った。

「よっぽど、犯人の脅迫を無視して、基礎工事を、続けようと思ったんですが、社長と息子さんが、誘拐されていましたからね。もし、二人が殺されでもしたら大変なことになってしまう。それでやむなく四百六十人の作業員を沖縄などに移して、五日間遊ばせておいたんです。これからその損害を取り返すのが大変です」

と、言った。

「犯人からの連絡は、あなたがきいたんですか？」

「まず、誘拐された社長が犯人の要求を、私に伝えてきました。犯人からもその後、脅しの電話が入りましたよ。何しろ四百六十人の作業員を沖縄などに移すんですから、どうしても、もたつきますよね。それを知って、犯人が直接私に電話してきて、脅したんです」

副社長が、言う。十津川は、一億円を要求してきた犯人の脅迫電話の声を録音したものを社長と副社長にもきかせ、誘拐犯のそれと比べてもらった。しかし、社長も、副社長も、

「違う声のようにきこえます」

と、言う。もちろん、だからといって二つの事件の犯人が同一人物ではないかという疑いが、消えたわけではない。そのことを十津川は、捜査会議で三上本部長に言っ

た。

「私は同一犯の線を捨ててはいけないと思います。犯人の目的は、山手線の新駅の工事を、遅らせることにあるような気がしてならないんです」

「しかし、山手線に、久しぶりに新駅ができることは、誰もが歓迎しているんじゃないのかね」

と、三上本部長が、言った。

「そうかもしれませんが、我々の想像できない理由で、新駅の建設に反対している者がいるのかもしれません」

と、十津川が、言った。

4

西野町の助役は帰ってしまったので、星野ひとりが志賀高原に残った。そして、事故の時に死者や負傷者が運ばれた病院を訪ね、応急処置をした外科医や看護師に面会し、当時の状況をきいて回った。

「亡くなった三人は、いずれも胸部圧迫による窒息死です。十三メートルの崖から転落しましてね。最後にバスは、潰された格好で止まったんですが、特に窓側に座っていた乗客が、車体の重みで胸部を圧迫されたものと思われます。そのため、三人の死者はいずれも窓側に腰を下ろしていた乗客で、負傷者もその座席が多かったですよ」

と、医者が、答えた。

「亡くなった川本かおりさんですが、友人が一緒に乗っていましたね？　山下奈津美さんという同い年の友人。この人は、助かったんですよね？」

「山下さんは川本さんの隣に腰を下ろしていた。通路側です。軽い怪我で、大丈夫でした。人間の運、不運は、わかりませんね」

「川本さんがこの病院に運ばれたあと、彼女の姓名や、年齢や、家族について、説明したのは、山下さんですね？」

「そうです。バスには、他に、川本さんのお友達は乗っていませんでしたから、我々も助かりました。警察や、事件を報道したマスコミも、助かったと思います。川本さんがひとりで乗っていて亡くなったら、身元不明になったかもしれませんから」

と、医者が、言う。

「しかし、川本かおりさんは、運転免許証を持っていたわけでしょう？」

「その免許証が、二つに折れていて、そのうえ血で汚れていたんです」

と、看護師が、言った。

「たしか、バス事故のあと、救急車で負傷者が、ここに運ばれるまでに、かなり時間がかかっていたんですね？」

星野は、確認するように、質問した。

「そうです。何しろ深夜だったから、国道もアイスバーンになっていたし、バス自体が、崖下に転落していましたからね。事故から、救急車が現場に到着するまで、三十分以上、かかっています」

「もっと早く、病院に運ばれていたら、三人は助かったと思いますか？」

「それはわかりません。即死に近いと思われる人もいますから」

と、医者は、言った。

(三十分か)

と、星野は、呟《つぶや》いた。

その間に、自分の運転免許証を、二つに折り、血で汚し、遺体のそばに置くことはできるだろうか？　転落したバスの中で、である。

「助かった山下奈津美さんのほうは、軽傷だったんですね？」

と、これも確認するように、星野が、きいた。

「はい。軽い怪我で済みました」

「その後、山下奈津美さんから、連絡はありますか？」

「たしか、二ヵ月くらいあとの四月ごろでしたかね。電話がかかってきましてね。あの時は、お世話になりましたと言っていました。礼儀正しい人ですね」

と、医者が、言う。

「他に、何か話しましたか？」

と、きくと、

「あとは、看護師が、電話で話してましたよ」

と、言う。

「そうなんですか？」

星野が、看護師に眼をやると、

「山下さんは軽傷でしたけど、すんなり、職場に復帰できたか心配だったので、そのことをお尋ねしてみたんですよ」

と、看護師が、言う。

「山下奈津美さんは、東京の観光会社で、働いていたんじゃありませんか？」

「ええ。山下さんの話では、やっぱり、事故がトラウマになって、最初は、すぐには職場に戻れなかったそうです。軽傷でも、お友達が亡くなっているのですから、無理もないと思いますよ。でも、職場の皆さんが、温かく迎えてくれているので、何とか、仕事ができていると、おっしゃっていましたね」

（なるほど）

と、星野は、思った。

（二人は生活が違っていた。特に、職場の人間たちからは、疑いの眼を向けられるだろう。それをどうしたのか？）

と、考えていたのだが、今の看護師の言葉で、疑問が解けた思いがした。

山下奈津美は、バス事故に遭い、しかも、その事故で、友人を失っているのだ。山下奈津美が、復帰した職場でヘマをしても、周囲の人間は、仕方がないという温かい眼で見て、疑うことはしないのだろう。

星野は、そう考えると、なおさら、川本かおりが、バス事故を利用して、友人の山下奈津美に成りすましている確信を強くした。

（しかし、なぜ、川本かおりが、そんなことをしたのか？）

という疑問に対する答えは、依然として、見つからないのである。

（川本かおりでいたほうが、得ではないか？）

と、思うからである。

川本かおりは、亡くなった作家、川本賢三郎の一人娘である。

川本賢三郎は、生前は、出版された本も少なく、無名に近い存在だった。しかし、ここにきて、その文学が見直されているし、本も復刊されようとしている。そのうえ、彼が生まれた西野町には、一億円の寄付までしているのだ。

それに対して、山下奈津美は、今、星野が知っている限り、平凡なＯＬでしかない。そんな女性に成りすまして、どんなメリットがあるのだろうか？

そんなふうに考えてくると、川本かおりが、山下奈津美に成りすましているという自信も、ゆらいでくる。バス事故で死んだのが、川本かおり本人だと考えれば、別に悩むことはないのである。

そんな、曖昧《あいまい》な気持ちのまま、星野は、東京に帰った。

宝井出版に出勤すると、さっそく、宝井社長に、きかれた。

「川本かおりの消息は摑めたか？」

「彼女は、去年二月のバス転落事故で亡くなっていました」

と、星野が、言うと、

「死んだ？」

「そうです。志賀高原行きのバスが、国道でスリップして崖から転落、三人が死んでいます。その中の一人が、川本かおりだったんです」

「そんなことが、あったのか？　間違いないんだろうね？」

「その時の新聞記事を確認したり、地元の警察に話を聞いたりしましたから、間違いありません」

「川本賢三郎の生まれ故郷では、こちらの出版に合わせて、一人娘の川本かおりを招待して、出版記念パーティを開いてくれることになっていたんだろう？」

「そうです」

「それも中止か？」

「私は、そのパーティは、ぜひ、やって下さいと、お願いしてきました。それに、西野町は人口が、一万人以上なので、全員が、こちらで出す本を一冊ずつ買って下されば、一万冊以上売れて、ニュースになると、助役さんにお願いしました」

と、星野が、言うと、宝井社長は、急に笑顔になって、

「それはいい。一万冊売れたら大変なニュースだよ。何とか、実現させたいね。そうだ、この本は、君に委《まか》せよう。がんばってくれ」

「わかりました。——山手線の新駅の件で、また、何かあったそうですね？」

と、星野が、きいた。

「それがな、最初は、新駅の基礎工事で、サボタージュが起きたというニュースが、流れたんだ。それが、途中で、ニュースがなくなってしまった。今になってわかったのは、新銀河建設の社長と三歳の息子の二人が、誘拐されていて、その犯人が、工事を中断しろと指示していた。それで、マスコミが、報道を止めてしまったんだ」

「その二人は、無事だったみたいですね？」

「五日間誘拐されて、六日目に解放されたが、犯人の顔はわからないといっている」

「犯人は、よく無事に返しましたね。一億円ぐらいの身代金は、払ったんでしょうね？」

「それが、何も払っていないらしい。犯人も要求してこなかったというのだ」

「変な犯人ですね」

「ところが、見方を変えると、犯人は、大変な損害を、与えたとも言えるんだ。何しろ、五日間の工事の中止だからね。ＪＲは一日あたり一億円の損害、新銀河建設も同じ額の損害を受けているからね」

「工事を遅らせるのが、犯人の目的だったわけですね？」

「そうとしか考えられない」

星野は、その時、別のことを考えていた。

（川本かおりが山下奈津美に成りすましているとして、そのことと、現金ばら撒き事件や、工事の中断要求と、何か関係があるのだろうか？）

もちろん、関係があると思う人間は、一人もいないだろう。

（しかし）

と、星野は、考えてしまう。

（どこかで、つながっているのではないか？）

「ちょっと、川本かおりについて、調べてきます」

と、断って、星野は、会社を出た。

山下奈津美は、品川駅前の観光会社で働いていた。

その後、山手線の事故があり、山下奈津美も負傷して、品川駅そばの病院に入院した。

この頃、星野は、まだ、川本かおりが山下奈津美とすり替わっているとは、考えてもいなかった。しかし、今になって、疑いを持つと、さまざまな、疑問が出てきてしまうのである。

山下奈津美が、ひとりだけ、退院が遅れた。そのため、一万円札で大金がばら撒かれたとき、その光景が、入院していた山下奈津美には、病室からよく見えたはずであり、それを見るために、ひとりだけ入院を延ばしたのではないかと、星野は疑ったのである。

その山下奈津美に、現在、星野は、会えずにいる。退院したが、職場に戻っていないのだ。星野がきいても、職場の同僚も支店長も、今、彼女がどこにいるのか、教えてくれないのである。

そこで、品川駅前の観光会社の近くで待ち、先日訪ねた時に応対してくれた女性社員が帰るのを待った。

時間が来て、その女性社員がひとりで出てきた。

その女性を、強引に、近くのカフェに連れて行った。

「どうしても、教えてもらいたいことがあるんです」

と、言うと、彼女は当惑した表情で、

「私は、今、山下さんがどこにいるか、本当に知りません」

と、先まわりして、言う。

それを遮るようにして、星野は言った。

「もう、山下さんの行方は聞きません。じつは、私も、毎朝、山手線を使って、有楽町の会社に通勤しているんですが、同じ山手線で一緒になる美人が気になりましてね。それが、山下奈津美さんだったんです。ひそかに、自分では〝山手線の恋人〟と、呼んでいたんです。もちろん、ストーカー的な気持ちは、まったくありません」

喋っているうちに、彼女の表情が少しずつ、ゆるんできた。

星野は、すかさず、コーヒーとケーキを勧めてから、

「山下さんとは、いつから一緒に働いているんですか？」

「三年前に、同期入社したんです。最初は、別の課でしたが、途中から、品川の支店で一緒に働くようになりました」

「山下さんは去年の二月に、志賀高原に友達と一緒にスキーに行き、途中でバスが転落し、自分は助かったが、友達は死んでしまった。そんなことがあったんじゃありませんか？」

「そうなんです。よほどショックだったと見えて、職場に戻ってからも、少し、おかしかったですよ」

と、言う。

「どんなふうに、おかしかったんですか？」

「数字を忘れることが、多かったですよ。うちでは、さまざまなツアーを作って、そ

れをお客さまに、お勧めするんですけど、何割引きとか、フルコースならいくら、途中までならいくらとか、そうした数字が大事なんです。だけど、あの事故のあと、それをよく忘れたり、間違えたりしていました」

「だが、バス事故のショックだから、仕方がないと――？」

「ええ。お友達が亡くなっているんだから、仕方ないだろうと、皆さん、同情していました」

「先日も、山手線の脱線事故で、入院しましたね？」

「ええ。あの時も、参っていたんだと思います」

「それで、休暇をとった？」

「支店長の許可が出て、一週間、ゆっくり休養をとることになったらしいんです」

「しかし、どこで休養をとっているか、わからないんですね？」

「ええ」

と、彼女は肯いたが、別れしなに、

「自信はありませんけど、うちの会社は、軽井沢《かるいざわ》と沖縄に、保養所を持っています。ひょっとすると、そのどちらかに行っているのかもしれません」

と、言った。

「すみませんが、あなたの名刺をいただけませんか」

と、星野が、言った。

彼女がくれた名刺には、「広田《ひろた》千夏《ちなつ》」とあった。

第四章　エッセイ集のからくり

1

星野は、捜している川本かおりが山下奈津美に成りすましているに違いないという考えを、社長の宝井には、言わなかった。

話すにしても、もっと、はっきりしてからと思っていたからだ。どこかで、自分ひとりの秘密にしておきたかったという気持ちも働いていた。そんな時、社長から、川本賢三郎について新たに調べてもらいたいことがあると言われた。

「川本賢三郎は、作家生活三十年で、五冊の本しか出していないと言われているんだが、六冊目の本があったらしいんだ。それが事実かどうか、調べてもらいたいんだ」

「そんな話は聞いたことがありませんよ。国会図書館へ行っても、川本賢三郎の本は、五冊しかありませんよ」

と、星野は、言った。

「私も、そう思っていたんだが、出版社から出されたのが五冊で、もう一冊は、自費出版したエッセイ集だというんだ」

「それじゃあ、見つけるのは、大変ですよ」

「それはそうだろうけれどね、川本賢三郎の書いたものの中で、そのエッセイ集が、一番面白いらしいんだよ」

「社長は、どうして、川本賢三郎のエッセイ集のことを知ったんですか?」

と、星野が、きいた。

「片山隆一郎《かたやまりゅういちろう》という一ヵ月前に亡くなった批評家がいる」

「知っています」

「数年前だったかな、文芸雑誌か何かで、偶然、その片山が、書いたものを読んだんだ。その中に珍しく、川本賢三郎に触れている箇所があったのを思い出してね。こんなふうに書いているんだ。『川本の書いた作品は、思わせぶりで面白くないが、エッセイ集だけは、お世辞《せじ》ではなく面白い。ところが、なぜか、このエッセイ集だけが自費出版になっていて、なかなか手に入らないのである』と」

「どこが面白いかも書いてありましたか？」

「ああ、こう書いてあった。『川本は、〈人生は賭《か》け〉と書いているが、文字どおり、それを実践した面白さである』と書いていた」

「わかったようで、わからない言葉ですね。それで、批評家の片山隆一郎さんの家には、川本賢三郎の、そのエッセイ集があるんでしょうか？」

と、星野が、きいた。

「奥さんに電話してみたら、片山さんの資料は全て書庫に入っていて、整理してないから、わからないと言うんだ」

「これから、行ってみます」

と、星野は、言った。

星野は、すぐ、北鎌倉《きたかまくら》にある片山邸を訪ねた。

二階建ての和風の家である。

そこに、未亡人の片山文子《ふみこ》が娘のあやのと二人で住んでいた。あやののほうは、新人作家でもある。

星野が来意を告げると、文子は、

「離れを書庫に改造して、全てそこに納めてありますので、ご自由に探して下さい」

と、言う。

批評家の書庫だから、当然、他の作家の本がほとんどである。それに、宝井社長の話では、文芸関係の雑誌で読んだような気がするというから、その雑誌を探さなければならない。悪戦苦闘していると、片山あやのが、茶菓子を持ってきてくれた。

「初めまして。あやのと申します。母から、何かお探し物があっていらっしゃったとききました。見つかりました？」

と、きく。

「なかなか。何という雑誌に載っているのか、それがわからずに困っています」

星野が、川本賢三郎のことを簡単に説明しながら、お茶に手を伸ばした。

すると、あやのは不思議そうな顔をして、

「それって、『文芸東洋《とうよう》』の二〇一五年の七月号だと思います」

と、言う。

「よく知っていますね」

星野が驚いてあやのを見返すと、

「それなら、探してもありませんよ」

と言う。

「どうしてわかるんですか？」

「昨日、川本賢三郎さんの娘さんが見えて、お父さんの書いたものが珍しく取りあげられているとおっしゃるので、私が差しあげました」

と、あやのがあっけらかんと言って、星野を驚愕させた。

「昨日、川本賢三郎さんの娘さんが来たんですか？」

「ええ。川本さんの娘さんに間違いないので、お渡ししましたけど」

「どうして間違いないと？」

「パスポートを見せてくれましたし、お父さんの川本賢三郎さんの文芸作家協会会員証も、お持ちでしたから」

「それで、自分は、川本賢三郎の娘の川本かおりと名乗ったんですね？」

「ええ。おきれいな方でしたよ」

と、あやのが、言う。

（やっぱり、去年二月のスキーバスの事故で死んだのは、山下奈津美で、川本かおりは、生きているのだ）

と、思いながら、

「問題の雑誌は、無いんですね？」

「ええ。でも、国立国会図書館へ行けば、あるはずです」

「川本賢三郎さんのエッセイ集は、どうなんですか？　それも川本かおりさんが持ち帰りましたか？」

と、星野が、きいた。

「いいえ。探していらっしゃいましたけど、『見つからなかった』と言ってお帰りになりました」

「本当に見つからなかったんでしょうか？」

星野は、執拗《しつよう》に、きいた。

確かに、片山隆一郎が書いた批評のほうは、国会図書館で読めるだろうが、星野が本当に読みたいのは、批評のもとになった川本のエッセイ集である。

「本当に見つからなかったようですよ。あとで見つかったら、焼却して下さいと言って、お帰りになりましたから」

と、あやのは、言う。

「見つかったら知らせて下さいと言ったんじゃなくて、焼いてくれと言ったんですか？」

「ええ。はっきり、おっしゃいましたよ。私もびっくりしたんですけど、『娘から見ると、恥ずかしいものですから』と」

と、あやのが、続ける。

「何かおかしいですね。亡くなった片山さんは、川本賢三郎さんのエッセイ集は面白いと、ほめていたわけですからね」

「ええ。父がほめていたのは、私も知っています」

「あなたは、川本賢三郎さんの、そのエッセイ集は読まれたんですか？」

と、星野が、きいた。

「父が面白いと言うものですから、眼を通してみたんです」

「どんなエッセイなんですか？　有名作家の作品の批判とか、感想を書いているんですか？」

「そういうものじゃありません」

と、あやのが、言う。

「文芸批評みたいなものじゃないんですか？」

「いいえ。社会問題を論じている感じのエッセイです」

「社会問題ですか？」

星野は、戸惑った。一時「社会派」という言葉が流行したことがある。公害とか、病気、医療とか、非正規労働とかの問題を見すえて、書いていく文学運動である。

そうした社会派からは、川本賢三郎は一番遠いところにいると、星野は、感じていたのである。

「普通の意味の社会批判じゃありません」

と、あやのが、言う。

「よくわかりませんが」

「簡単に言えば、社会問題プラス賭けなんです」

「具体的に言うと、どんな形なんですか？」

「いろいろな社会問題について、自分の考えを書いているんですけど、どれにも、最後に『賭け金』の額が書いてあるんです」

「どうもわからないんですが――」

「文章ははっきり覚えていませんけど、京都について書いたものがあって、こんな具合でした」

と言って、あやのが話してくれたのは、次のようなものだった。

私は京都が好きだ。が、行くたびに、俗化していくのがはっきりわかる。それが、チェーン店の増加だ。京都の中心四条通《しじょうどおり》にも、吉野家《よしのや》ができて、スターバックスが生まれている。そこで、誰か賭けませんか。今後五年間に、外来異分子が、いくつになるか。一店につき五百万円、予想の店数が近い方は、賭け金を全部貰《もら》う。何人でも引き受ける。

「京都の件以外にも、何件も書いていて、どれも、賭け金が書いてあるんですよ。父は、あれこれ批評するよりも、賭けに持っていくのが面白いと言っていました」

と、あやのが、言う。

「他にも、いろいろな問題を取り上げていると、言ってましたね。それに全て、賭け金の額が書いてあったんですか？」

「ええ」

「ひょっとして、山手線のことも取り上げてあったんじゃありませんか？　山手線の田町と品川との間に、今度、新駅を作ろうとしていますが、そのことも、賭けの対象にしていませんでしたか？」

と、星野は、きいた。

「ええ。ありました」

「どんなふうに書いてあったんですか？　だいたいでも、いいんです」

「いいえ。私、大学時代に山手線を利用していたので、この件については、しっかり覚えています」

と、あやのは、ニッコリして、詳しく話してくれた。


私（川本）は、山手線が好きだ。よく利用した。わずか三十四・五キロの中に、二十九もの駅があり、最高時速九十キロで走っている。しかも、一日平均の乗降客数が世界最多の新宿《しんじゆく》駅では、一日に七十六万人もの乗降客があり、一番少ない鶯《うぐいすだに》谷駅でも一日二万四千人の乗降客がある。問題は、駅間である。一番短いのは、西日暮里－日暮里間の〇・五キロで、一番長いのは田町－品川間の二・二キロである。これが全て一キロというような、同じ距離だったら、乗客は、まるでベルトに乗せられているような退屈さ、単調さに、辟易《へきえき》してしまうだろう。〇・五キロから二・二キロまでバラバラなのがいいのだ。その二・二キロの途中に、新駅を作ろうとする話が生まれている。こんな無理をしてはいけない。私は、新駅は、絶対にできないと、確信している。誰か、新駅ができるかどうか、私と賭けてみないかね。大きな問題なので、この件の賭け金は一億円とする。何人でも可。東京を賭けるのは、楽しいではないか。

あやのは、関心があったことなので、五回も読み返したから、これで大きな間違いはないはずだと、言った。

「エッセイ集は、あなたのお父さん宛てに、川本さんから送られてきたんですか？　それとも、お父さんが、どこかで見つけてきたんですか？」

と、星野は、きいた。

「確か、父宛てに、送られてきたんです。『献呈　片山先生』と書いてあったのを、覚えています」

と、あやのが、言う。

「そうすると、川本賢三郎さんは、他の本なんかも片山さんに贈呈していたんですか？」

星野が、きくと、あやのは、笑って、

「贈ってきたのは、エッセイ集だけです」

「そうすると、川本賢三郎さんは、片山さんが、奇妙な賭けに応じると思って、贈ってきたんですかね？」

「うちは、そんなお金はありませんから――」

とだけ、あやのは、言った。

「しかし、片山さんは、このエッセイ集を読んで面白いと言われたんですね？」

「ええ。父はそう書いています」

「どうして、そう書いたんでしょう？」

「父は、変わっていますから」

「どんなふうに、片山さんは変わっていたんですか？」

と、星野は、さらに、しつこくきいた。

川本賢三郎が残したエッセイ集が、どこかで今回の一連の事件と関係があり、それが川本かおりと山下奈津美の問題につながっていると考えていたからだった。

「父は、いろんなことに、腹を立てていました。例えば、老人問題について、政府がもたついていると、厚生労働大臣に手紙を書いて献策するんです。こうすれば、老人問題は簡単に解決すると書いて」

「どんな手紙を書いたんですか？」

「老人問題が解決するまで、選挙の時、老人の一票は一万票に数えることにするんです。そうすると、百人で百万票ですからね。政治家は、必死になって、老人問題の解決に力を入れるでしょう。それで、老人問題が解決したら、次は、障害者問題のために、障害者の一票は一万票に計算することにする。こういう思い切ったことをしないと、日本の政治家は動かないって」

「なるほど。なかなか面白い意見だけど、川本賢三郎さんのエッセイもそれに似ているから、感心したというわけですかね？」

「人間、どんなにきれいごとを言っても、結局利害で動く。一番はっきりしているのは、金銭だと、父は言ってました。その金額が大きければ大きいほど、人間は真剣になる。川本賢三郎さんがエッセイで、自分の考えを守るのに、大金を賭けているのは、一見きたないやり方に見えるが、一番真剣で賢《さか》しいやり方だと言って、ほめていたんです」

と、あやのが、言う。

「片山さんが、川本賢三郎さんのエッセイをほめていた理由がわかりましたが、現実問題として、本当に、大金が賭けられているんでしょうか？」

と、星野は、さらに、きいていった。

「川本賢三郎さんはもう亡くなっていますよ」

「確かにそうですが、娘の川本かおりさんがいます。娘さんが、亡くなった父親の志を継いで、エッセイどおりに、誰かと、一億円を賭けているかもしれない。その点は、どうなんでしょうか？」

星野が、きくと、あやのは、笑って、

「私は、川本かおりさんじゃありませんから、わかりません」

と、答えた。

「そうでしょうね。ただ、片山さんが、今、私が言った山手線の新駅問題について、何か言っていませんでしたか？　どんなことでもいいんです。川本賢三郎さんのエッセイと、無関係でも構いません」

「そう言われても――」

「片山さんは、山手線に、興味を持っていましたか？」

と、星野は、少し質問を変えてみた。

東京に住む人間にとっては、山手線は身近な存在である。乗ったことのない都民がいるとは思えない。

その山手線に、新駅ができるということにも、関心を持つだろう。大なり小なり、この件について、意見を持つケースもありうるに違いない。

「うちの父親は、保守的なほうですから」

と、あやのが、言った。

「片山さんも、山手線の新駅問題に、一言あったんですね？」

「正確には、ちょっと違うんです」

「構いませんから話して下さい」

と、星野は、促した。

「父のお友だちに、山手線の傍に住んでる人がいるんです。品川駅の近くです。その家の二階から、山手線の車両を見ることができるんですが、山手線は総じて駅の間が短いので、やたらにセカセカしている。それでも、田町－品川の間は、少しはゆったりしているんだが、その間に駅ができたら困る。見て楽しむどころか、つらくなると
その人が言うんです」

「片山さんのお友だちですね？」

「昔からの父の友人です」

「ぜひ名前を教えて下さい」

と、星野は、言った。

2

名前は高橋清吾《たかはしせいご》。七十歳。画家だった。

星野は、すぐ会いに出かけた。

家とアトリエは高台にあって、確かに、山手線が二階のアトリエから見える。

そのアトリエで、山手線の電車を見ながら、星野は、話をきいた。

「片山とその話をしたのは、覚えていますよ」

と、高橋は、笑顔になった。

「高橋さんは、新駅ができるのに、反対ですね？」

「ああ。あれ以上、コセコセするのは、見たくないんでね」

「片山さんは、その時、川本賢三郎という作家の話をしたんじゃありませんか？」

と、きくと、高橋は、ニッコリして、

「そうだよ。片山は、あの時、川本賢三郎の書いたエッセイ集を持ってきて、私に見せたんだ。新駅反対だが、それに一億円賭ける人間もいるんだと言って」

「その時、高橋さんはどう思いました？」

「感動しましたよ。一億円も賭けようという人がいるんだと思ってね。それで、私も、百万円ぐらいなら、新駅反対の賭けに乗ってもいいなと思った」

「それを、どこかで喋りませんでしたか？」

「喋らなかったが、新聞に投書した」

それは、中央新聞の投書欄で、取りあげられたという。

「どういう投書だったんですか？」

星野が、きくと、高橋は、その新聞を探して、見せてくれた。

〈私は、山手線の新駅作りに反対である。ある時Kという作家が、エッセイに、一億円賭けてもいい、新駅作りはできないだろうと書いていた。私は感動した。私も、この人に倣《なら》って、百万円賭けようと思っている。〉

高橋清吾という名前も、年齢も、画家ということも、書かれている。

「反響はありましたか？」

と、星野が、きくと、

「脅迫の手紙が届きましたよ」

「脅迫ですか？」

「そうですよ。びっくりしましたよ」

と言い、その手紙も探して見せてくれた。

〈山手線の新駅作りの賭けは、もう始まっている。一対一の真剣な賭けだ。ザコは、口を出すな。口を出していると、手ひどい目にあうぞ。大人しく電車を見ていろ。

山手線を愛する狂人〉

これが、その脅迫状にあった言葉である。

「心当たりは？」

と、星野が、きいた。

「ありませんが、ここに『大人しく電車を見ていろ』とあります。多分、この犯人も、私と同じように、山手線を見ているんだと思いますよ」

「同じ角度でですか？」

「多分」

「中央新聞に投書したんでしたね。画家ということも書いて？」

「そうです」

「とすると、脅迫状の主は、あなたのことをよく知っていると見ていいですね？」

「一応、画家として登録されていますから」

と、高橋は、言った。

星野は、次に、投書を載せた中央新聞に、話を聞きに行った。

投書欄の担当者に会った。

「じつは、投書した友人が、脅迫されましてね」

と、まず、言った。

担当者は、肯いて、

「ご友人というのは、山手線の新駅について投書された、高橋さんという画家の方じゃありませんか？」

と、きき返す。

「そうです。その高橋さんです」

「やっぱり、あの男が、やりましたか。少し、心配はしていたんですがね」

「では、高橋さんの投書がのったあと、文句を言いに来た人間がいたんですね？」

「ええ。その日に電話がかかってきましたよ」

「名前は、わかりますか？」

「いや。わかりません。中年の男の声でした。いきなり、投書欄の高橋という奴は、どんな男だと聞かれました」

「それで？」

「投書の主のプライバシーは、わかりませんと言うと、今日中に調べろ。さもないと、お前の新聞社を爆破するぞと脅かされましたよ」

「それで、高橋さんのことを、伝えたんですか？」

「いや。投稿者のことを伝えたりしたら、新聞社にとって自殺行為ですからね。そんなことはできません。ただ、高橋さんは画家として登録されていますから、そこに書かれているプロフィールは簡単に調べられたでしょう」

「私としては、友人のことが心配ですからね。少しでも、犯人のことを知りたいんです。何かわかっていますか？」

と、星野は、きいた。

「いや。中年の男の声としかわかりません」

「そうですか」

星野が声を落とすと、担当者が、

「私も、何とか、どんな男か知りたくて、いろいろ話しかけたりもしてみたんです」

と、言う。

「どんな質問をしたんですか?」

「あの高橋さんの投書には、山手線に新駅はできないというほうに、一億円を賭ける作家のことを書いているんです。だから、犯人に、『あなたも賭けに乗る気ですか? それとも、そんな大金の持ち合わせはありませんか?』と、言ってみたんです」

と、担当者は、言った。

「けしかけてみたわけですね。それで、相手は、反応しましたか?」

「こんなことを言いましたよ。『あの小説家とは、前にも張り合ったことがあるんだ。だから、高橋という奴には、余計なことをするな、手を出すなと言っておけ』と」

「それは、なかなかいい反応じゃありませんか」

と、星野は、ニッコリした。

「しかし、名前も住所もわかりませんでしたよ」

「向こうも、用心しているでしょうから、その反応だけでもありがたいですよ」

と、星野は、言った。

星野は、その男の反応、すなわち「あの小説家とは、前にも張り合ったことがある」という言葉は、事実だろうと考えた。

川本賢三郎という作家と、その娘の川本かおりについては、わからないことが多すぎる。その疑問の一つに、解答が見つかったような気がした。

川本賢三郎という作家は、生前、人気がなく、作品の数も少ない。しかも、ベストセラーは一冊もないのだ。それなのに、川本賢三郎本人も、娘のかおりも、豊かな生活をし、郷里の西野町には、多額の寄付までしている。

それが不思議だったが、これで少しは、納得できるような気がしてきた。

大小問わず、気になることをエッセイに書き、それをタネに、大きなバクチを打つ。

たとえば、山手線の新駅問題では、一億円を賭けると書き、賛成派の人間の対抗心をあおる。その結果、新駅問題で、一億円、あるいは、それ以上の賭けが、どこかで行われているのだ。

星野にもわからないし、いや、ほとんどの人が知らないだろう。

だが、この賭けは、間違いなく行われていると、星野は確信している。

その確信を持って会社に帰ると、十津川警部と亀井刑事という二人の刑事が、待っていた。

なぜ警察が？　面会の約束など、してはいない。星野は強い警戒心を覚えた。

「ずいぶん前から、待っていらっしゃるよ」

と社長の宝井に言われても、星野は、軽く頭を下げただけで、自分からは挨拶しようとしなかった。

「なかなか、お忙しそうで、つかまえるのが大変ですね」

と、十津川が、名刺を差し出しながら言う。ほめているのか、けなしているのか、わからない。

「何のご用です？」

「じつは、ある画家から、苦情が来ています。まもなく、絵画展示会があって、参加作品の制作に忙しいのに、星野という人が邪魔するので、仕事がはかどらない。警察に頼まれて取材しているというので、断れないと言うのですよ」

「それは、高橋清吾という画家のことでしょう？」

「そうです」

「彼は、川本賢三郎という作家の書いたエッセイ集について、中央新聞に投書をしているので、そのことを聞いただけで、高橋さんも喜んで話してくれたんですよ。展示会の話なんか、ひとことも言っていませんでしたよ」

「しかし、向こうは、制作の邪魔をされたと言っていますがね。投書の話というのは、いったい、どんなことだったんですか？」

「川本賢三郎のエッセイ集の話ですよ。その中で、亡くなった川本賢三郎は、山手線の新駅ができることに触れて、絶対にできない、一億円賭けてもいいと、書いているんです。それを読んで感動した高橋清吾が、中央新聞に投書して、百万円ぐらいなら賭けに乗ってもいいと、書いていたんです。その投書に噛みついた男が、中央新聞に電話してきたという話です」

「なるほど。そんなエッセイを、川本賢三郎さんが書いているんですか」

「そのエッセイ集を、川本賢三郎は、なぜか自費出版で出しているので、知らない人が多いんですよ」

「なるほど。よくわかりました」

と、十津川が、肯く。

(なんだか、誘導尋問に引っかかったみたいだな)

と、星野は、舌打ちした。投書のことも、川本賢三郎のエッセイの話も、警察は知らなかったのではないか。

「何の用か、それを言って下さいよ。こっちも忙しいんです」

と、星野は、突っけんどんに、言った。

「耳寄りな話がありましてね。これは、新しい発見なんですが、亡くなった川本賢三郎さんは、K銀行の世田谷支店に、口座を持っているんです。それが、川本賢三郎名義の口座ではなくて、『川本ファンド』という名前になっているんです」

「川本ファンドですか?」

「そうです。預金額は、二十億円。正確には、十九億三千万円ですが、電話があって、どこそこにいくら投資してくれと言われると、そのファンドから指示された口座、あるいは会社、団体に、その金額を投資していたというのです」

「本当の話ですか?」

星野は、半信半疑だった。

「事実です」

「投資を指示するという電話の主は、誰なんですか?」

「最初は、川本賢三郎と名乗る人物だったそうですが、今は川本かおりという名前の女性になったそうです」

「しかし、その二人は亡くなっていますよ」

「K銀行の〈川本かおり〉は、書類上は死んだことになっていないようです」

と、十津川は、言った。

「最近は、どこに、いくら、投資されているんですか？」

「それが、わからないんですよ」

「どうして、わからないんですか？」

「ちょっと事情がありましてね。われわれが表立って調査に乗り出す段階にはないんですよ」

と、十津川は、言う。

「どうしたら、そのファンドの内容を調べられるんですか？」

「川本かおりさんの本人確認ができれば、そのファンドから、他に投資できます。つまり、まずは川本かおりという人物の素性を調べることによって、川本ファンドの実体が見えてくるはずです」

「私は、川本かおりさんじゃありませんよ」

「あなたの会社は、川本賢三郎さんの本を出版するんでしょう。それに、星野さん、あなたは、川本かおりさんを追いかけている。いや、彼女と親しい山下奈津美さんも追いかけている。従って、川本かおりさんと、山下奈津美さんの二人について詳しいし、いろいろと、ご存じだ。その知識を、川本ファンドについて調べるために使わせていただきたいのですよ。何とか、協力してくれませんか」

と、十津川が、言った。

「しかし、私は、二人と、親しいわけじゃありませんよ」

「そんなことはないでしょう？」

と、十津川が、笑った。

「どうして、そう思うんですか？」

「山下奈津美さんが、電車事故で負傷して入院した時、星野さんは二回も、見舞いに行っているでしょう。川本かおりさんについては、彼女の父親の郷里、西野町にも、わざわざ出かけている」

「あれは、仕事ですよ。川本賢三郎さん本人はすでに亡くなっているので、著作権者の川本かおりさんを捜していたんです。単に、そのためですよ」

と、星野は言いながら、薄気味悪く思った。初対面の刑事が、なぜそこまで俺の行動を知っているのだ？

「山下奈津美さんのほうは、どうです？　作家の川本賢三郎とは、関係ないでしょう？」

「こっちは、あまり言いたくないんですがね」

「どうしてです？」

「私は、山手線で会社に通っています。毎日、同じ時刻に家を出るので、自然に同じ電車になる。いつも乗る電車に、美人がいるんです。それを、ひそかに、山手線の恋人と呼んでいたんですが、そのうちに名前を知りたくなってきたんです。できれば、つき合いたいと思って調べたんですよ。よくある話でしょう。その結果、名前は山下奈津美、上野のマンションに住み、山手線の品川で降りることが、わかりました。そんな時に、山手線の事故があって、山下奈津美さんも負傷して入院してしまった。それで心配になって、二回も見舞いに行きました。山手線の恋人ですからね」

「つまり、川本かおりさんは、仕事上で捜していた。山下奈津美さんは、個人的な憧れということですか？」

「まあ、そんなところです」

「最近、山下奈津美さんに会っていますか？」

「いや」

「どうしてです？」

「私の仕事が忙しくて、山手線に乗ることが少なくなったので、仕方がありません」

「残念ですね」

「残念です」

「本当ですか？」

「本当ですよ」

「おかしいな」

「――――」

「あなたは、山下奈津美さんの消息を知りたくて、彼女の同僚をつかまえて、聞いている。その結果、彼女は、事故のショックで、休暇を取り、会社の保養所へ行っているかもしれないと教えられたんじゃありませんか？」

「あなた方は僕を、尾行していたんだな」

「まあ、そんなところです」

と、十津川は、また微笑した。

星野が、黙ってしまうと、十津川は、社長に向かって、

「これから、星野さんと、細かい話し合いをしたいので、夕食に招待したいが、構いませんか？」

と、声をかける。

星野は、拒否の合図を、社長に送ろうとしたが、それより先に、

「どうぞ、どうぞ。会社の仕事は、もう終わっているので、自由に、お使い下さい」

と、言われてしまう。

（これでは逃げられない）

と、星野は、覚悟したが、この際、警察がどこまで知っているのか、探ってみるのもいいなとも思っていた。

結局、新宿駅西口の十津川がよく使うてんぷら屋で、一緒に夕食ということになった。そこの小さな個室で、三人だけの夕食である。

てんぷら定食を、半ばほど食べて、亀井が言った。

「星野さんは、今、二人の女性に関心があると言われた。ああ、食事をしながら聞いて下さい。川本かおりさんは、川本賢三郎さんの著作権者だから関心があると言われた。よくわかりますよ。何しろ、川本賢三郎さんの作品を、今回、あなたの会社で出版されることになったんだから。だが、もう一人の山下奈津美さんのほうが、われわれには、よくわからないのですよ。毎朝、出勤の時、同じ車両で一緒になる美人が気になって、調べるようになったと言われた。山手線の恋人とも言われた」

「そうですよ。刑事さんにはわからないかも知れないが、普通のサラリーマンなら、みんな経験があるはずですよ。毎朝乗る電車の中に美人がいれば、嬉しいし、どこの会社の女性か知りたくなるのが自然じゃありませんか？」

この星野の言葉に、亀井は、苦笑して、

「刑事だって、いつも乗る電車で、美人に会えば、気になりますよ。男ですからね」

「それなら、私が、山下奈津美さんのことが気になって、どこの誰か調べたことだって、理解できるでしょうが」

「途中までは、できるんですよ。名前や住所を知りたい気持ちもわかりますよ。わからないのは、最近のあなたの行動です。今までは川本かおりさんと山下奈津美さんをはっきり分けて調べています。ところが、ここにきて、それが曖昧になっている。川本かおりさんを捜しているのか、山下奈津美さんを捜しているのか、わからないことが多くなっている。どうしてですか？」

「それは、二人を追うのは、大変だからですよ。二兎《にと》を追う者は一兎《いつと》をも得ずというじゃありませんか」

「それにしたって、ここにきて、山下奈津美さんのことばかり調べていますね。それも、川本かおりさんが亡くなっていたことを知ったからではない。なぜか、川本かおりさんへの関心を急に失くして、仕事とはまったく関係ないはずの、山下奈津美さんのことにこだわっている。彼女が休みを取り、会社の保養所に行っているのではないかということまで調べています。次には、軽井沢と沖縄のどちらの保養所にいるのか、調べるんじゃありませんか？」

「――」

「どうしたんですか？」

「警察のこういうところが、嫌いなんだ」

「どういうところですか？」

「もっと、気を利かせて下さいよ。川本かおりさんは川本賢三郎さんの一人娘で、美人で、そのうえ仕事上の大事なお客でしたから、彼女一本のつもりだったんです。でも男って、気持ちが動くじゃないですか。川本かおりさんのことばかり考えていると、ふと、山下奈津美さんも良かった、もう一度会いたいなってなるんです。男って、そういうものでしょう。警察も、その辺をわかってくれませんかねえ」

「残念ながら、わかりませんね」

と、今度は、十津川が、言った。

「困りますね。わかってくれないと」

「じつは、他にも、あなたに聞きたいことがあるんですよ。われわれが、川本かおりさんを調べていると、山下奈津美さんが消えてしまう。逆に、山下奈津美さんを調べていると、川本かおりさんが消えてしまうんですよ。つまり、二人が同時に、われわれの前に出てきたことは、ないということなんですよ」

「それで、何を言いたいんですか？」

「川本かおりさんと山下奈津美さんが、じつは同一人物ではないかということですよ」

「――――」

「また、黙ってしまいましたね」

と、十津川は言ったあと、

「この辺で、お互いに、正直に話し合おうじゃありませんか。私の個人的な見解を言えば、この事件は、かなり危険です。理由は、二つです。大金が動いていることと、犯人が目的のためなら手段を選ばない、冷酷な人物であると感じられることです」

「しかし、私は、あまり危険を感じていませんが」

「それは、あなたが、まだ犯人にとって、危険な存在になっていないからですよ。危険な存在になったら、犯人は、容赦なく、あなたを殺しますよ」

「例えば、どんな具合にですか？」

と、星野が、きいた。

「あなたは、志賀高原で起きたスキーバスの転落事故を調べている。あの事故で、友人だった川本かおりさんが、死亡し、同じバスに乗っていた山下奈津美さんが助かっている。しかし、あなたは逆だと思っている。あの事故で死んだのは山下奈津美さんで、川本かおりさんが山下奈津美さんにすり替わった、と」

「どうして、僕が、そう考えていると、思うんですか？」

「あなたの行動を見ていれば、想像がつきますよ」

と、十津川が、言った。

「参ったな」

と、星野は、呟いたが、それは、頭を下げたのと同じだった。

十津川は、別に嬉しそうな表情も見せず、

「お互いに、これからは正直に情報交換をしましょう。さもないと、われわれは、犯人逮捕に失敗する恐れがあるし、あなたが、犯人に殺される恐れがありますからね」

と言ったあと、食後のコーヒーを注文した。

てんぷらのあとにコーヒーとはおかしなものだが、十津川としては、心理的に気分を変えたかったのだろう。

「今回の事件について、初めから考えを統一したい」

と、十津川は、星野に向かって、言った。

ゆっくりと、慎重に、話を進めていった。

「時系列的に今回の事件を考えていくと、まず川本賢三郎という作家が亡くなったことで、すべてが始まったと言ってもいい」

と、十津川が言い、星野がそれに続けた。

「川本賢三郎は、生前、人気がなく、作品も少ない作家だった。不思議なのは、それにもかかわらず、彼は豊かな生活を送り、金に不自由しなかった。さらに、郷里の町に多額の寄付をしていた。その金の出所が、わからなかった」

あとは、十津川と星野が、交互に、事件を再構築していった。

「一方、山手線では、田町と品川の間に、新駅を作る計画が本格化し、基礎工事が始まっていた。ところが、突然、ラッシュアワーに山手線のどこかの駅を爆破する、いやなら一億円用意しろという脅迫電話が飛び込んできた。犯人は、男の声だった。不測の事態を考慮して、JR東日本では、一億円を用意した。犯人は、信用できないから一千万円分を品川駅の新幹線ホームで、ばら撒けと命令してきて、実行されたが、なぜか犯人は、そのあと、電話をかけてこなかった」

「その頃、うちの会社で、川本賢三郎の作品を、出版する計画が進行していた。本人が亡くなっているので、一人娘の川本かおりを捜すことになった。彼女が唯一の権利者で、印税の受取人だったからだが、川本かおりが、なかなか、見つからなかった。調べていくうちに、スキーバスの事故で、川本かおりが死んでいることがわかった。しかし、さらに調べていくと、その時に死んだのは山下奈津美で、身体つき、顔立ち、年齢などが似ている川本かおりが、死んだ山下奈津美に成りすましている疑いが生まれてきた。その後、K銀行世田谷支店に、川本ファンドなるものが存在し、その預金額は、二十億円とわかった。このファンドは、川本かおりの名前でなければ、運用できないこともわかった」

「川本賢三郎が五冊の本を残しているほかに、エッセイ集を出していることがわかった。が、このエッセイ集は、なぜか自費出版で、そのため、知る人は少なかった」

「ここまでの結論」

として、十津川が、今後の捜査方針を、口にした。

「川本賢三郎は、資金豊富な川本ファンドを使って、さまざまな問題、事件について、大金を賭けてきた。それによって、さらなる大金を手に入れたと考えられる。現在、川本ファンドが賭けているのは、山手線に新駅を作れるかどうかの賭けで、新駅は作れないほうに、川本ファンドは賭けているので、今後、あらゆる手を使って、新駅を作る作業を邪魔するだろう。その賭け主は、川本かおりと思われるが、共犯者がいることも十分に考えられる。今、最優先で、調査すべきことは、次の五点である」

一、川本かおりの生存の確認
二、山手線新駅の建設について、川本ファンドに対抗して賭けているのは誰か
三、共犯者の有無
四、川本賢三郎のエッセイ集の入手
五、川本ファンドは、他に、何に賭けているか

第五章　二人の恋人

1

十津川は、三上本部長に呼ばれた時、自分の考えた捜査方針を書いたメモを、持って行った。そこで、ためらわずに、メモを示し、自分の考えた一から五までの、捜査方針について、詳しく説明した。

ところが、三上は、熱心には、きいてくれなかった。

三上が、政治的に動くことがあるという点は、前々から知られていたが、それについて、十津川は、三上を批判したことはない。本部長ともなれば、どうしても政治的に動かなくてはならないことがあることは、よくわかっていたからだ。いろいろ批判がある上司ではあっても、部下の言うことを、熱心にきいてくれるところもある。その点は、十津川も大いに認めていた。

ただ、今日は、わざわざ十津川を、本部長室に呼んでおきながら、彼の説明を、あまり熱心には、きいてくれない。それが、十津川には何とも不思議だった。

わずかな間を置いて、三上本部長が、言った。

「山手線をめぐって、奇怪な脅迫事件が続いている。これらについては、引き続き、君に捜査をやってもらいたい。ただ――」

と、言って、一瞬、言葉を止めてから、三上は、さらに続けて、

「川本賢三郎の件については、これ以上、捜査する必要はない」

と、言った。

「どうしてでしょうか？」

と、十津川が、きいた。

「川本賢三郎は、民間人で、すでに亡くなっている。彼が、いったい、いくらの資産を持っているのか、それは、今回の事件とは全く関係がないだろう。それにだ、川本賢三郎という人は、作家ではあるが、ほんのわずかしか、本を出していない。ほとんど、無名と言ってもいいような作家だ」

「そのとおりです。そのことは私もよくわかっています」

「それでも、少数の熱心なファンがいることも事実だ。そのファンから警視庁に、苦情の手紙が、数多く寄せられている。くり返すが、彼がいくら資産を持っていたとしても、事件とは、関係ないだろう。なぜ、そんなプライバシーに関わることにまで立ち入るのか、そういう抗議の手紙が、来ているんだ」

「しかし、山手線の新駅の設置について反対している人たちと川本賢三郎が、どこかでつながっているのではないですか？　そういう疑いがあるので、今、刑事たちが、調べているんですが」

十津川が言うと、三上は、小さく肯いて、

「それは、私も、よくわかっている。ただ、政治家の先生の中にも、隠れた川本ファンがいるんだよ。君でも、名前を知っているような有名な政治家だ。その人に呼ばれて会ったら、川本賢三郎ほど、犯罪と無関係な作家はいない。それなのに、警察は、どうして、その作家のことを調べ回っているのか。大変に不愉快だ、と言うんだ。そんなことがいろいろと重なってきて、警視庁の上層部としても、亡くなった作家について、あれこれ調べたり、詮索するのはまずいのではないかと、そんなふうな考えになってきているんだよ。だから、今後は、川本賢三郎と関係のあることについては、一切、捜査をしないということで、納得してもらいたい。これは、私からの、君へのお願いだ」

と、三上が、言った。

「わかりました」

と言って、十津川は捜査本部に戻ったが、浮かない顔に、なっていた。

そんな十津川を見て、心配した亀井が、

「本部長の話というのは、どんなことだったのですか？」

と、きく。

「例の、山手線についての脅迫事件の捜査に専念しろ。ただし、川本賢三郎関係の線の捜査は中止だと、そう言われた」

と、十津川が、言った。

「いったい、どこからそんな命令が出たんですかね？」

「最初は、川本賢三郎ファンから抗議が、あったらしい。部長は、そう言っていた。政治家の中にも、隠れた川本賢三郎ファンがいて、その政治家に会った時、亡くなった作家のことを、警察はどうして執拗に調べるのか、川本賢三郎のプライバシーを調べるのはおかしいじゃないかと、言われたらしい。そこで、上層部は、今後、川本賢三郎についての捜査は止めるべきだ、という空気になってしまったと言うんだ」

「しかし、警部、一連の事件は、絶対に、どこかで、川本賢三郎とつながっていますよ。正確に言えば、川本賢三郎ではなくて、K銀行世田谷支店にある、川本ファンドですが」

と、亀井が、言った。

「そのとおりだ。もちろん私も、カメさんの考えに、賛成だ。川本賢三郎が、今回の脅迫事件と無関係だとは、どうしても思えないからね」

「それで、これから、どうしますか？　捜査は中止ですか？」

亀井が、きく。

「一応、上司の指示には従おう。一連の事件については、引き続き捜査を頼むと言われているのだから、こちらの捜査に全力を上げる。田町－品川間の山手線脱線事件。爆破テロをほのめかした一億円脅迫事件。新銀河建設の社長父子を誘拐してまで迫った工事妨害事件。これらはすべて、山手線新駅建設工事の妨害を目的とした、同一犯あるいはその関係者の犯行と見て、間違いないと思う。その線で捜査を進めたい」

「わかりました。しかし、川本ファンドが関与していると見立てた線を断ってしまうと、捜査はかなり難しいですよ。何しろ、犯人は、一銭も、手に入れていませんし、一千万円をばら撒いたほうの事件は、なぜか、途中で脅迫を止めてしまいました。おかげで、われわれが犯人について持っている情報も、ほとんどありません。どこの誰なのかも、もちろんわかりません。一億円を要求してきた脅迫電話から、犯人は中年の男ではないかという、漠然とした、情報があるだけなのです。犯人の目的も、わかっていません。冷静に考えると、この捜査は、難しいですよ」

「それは、私にも、よくわかっている」

と、十津川が、言った。

「それでも、川本賢三郎と娘の川本かおりに関係する線については、しばらくの間、捜査は中止する。そういうことですか？」

と、亀井が、きいた。

「ああ、そういうことになるね。形の上では、捜査の中止だ。しかし、考えることは、自由だ。だから、一連の事件を捜査しながら、川本賢三郎と娘のかおりについては、これからも推理を進める。そういうことで行こうじゃないか」

十津川は、自分に言い聞かせるような口調になっていた。

2

十津川は、捜査員の半分を聞き込みに回し、あとの半分を捜査本部に残して、事件について再考することにした。

刑事たちを前にして、十津川は「一連の事件は、山手線新駅建設工事の妨害を狙った、同一犯の可能性が高いと思う」と自分の考えを明かしたうえで、こう話した。

「犯人がいっとう最初に、じかに接触してきたのは、一億円の脅迫事件だ。犯人は中年の男で、電話を使って脅迫してきた。男は一億円を要求し、応じなければ、山手線のどこかの駅で爆破テロを起こすと脅した。ＪＲ東日本は、客の安全を確保できない、万が一にも死傷者が出るようなことがあってはならないと考え、ここは、犯人の要求に応じることにして、一億円を用意した。じつは、あの時、一万円札は、捜査のために、続き番号のものを用意していたんだ。ところが、犯人は、『その中の一千万円を、品川駅の新幹線ホームでばら撒け』と指示してきた。ＪＲ東日本が本当に一億円を用意しているのか、われわれに通報していないかどうか、騒ぎを起こして確かめようとしたのだろう。用意周到と言うべきか、そこまでは犯人の狙いがわからないでもないのだが、一千万円がばら撒かれた後、突然、犯人は、連絡を断ってしまったのだ。犯人の狙いが全くわからなくなってしまった」

そう語ると、一息ついて、続けた。

「次に、犯人は、新駅の基礎工事を請け負う、新銀河建設の社長父子を誘拐して、工事を五日間中止させて、工期を大幅に遅らせた。工期が遅れたことに伴う被害額は、JR東日本、新銀河建設ともに一日あたり一億円、計五億円だ。ここから考えるに、犯人の目的は、新駅工事を中止させるか、もしくは新銀河建設に損害を与えるかの、どちらかだったと思われる。ところが、今は新駅の工事を、止めさせるような気配がない。一時的に工事を中止させられたから、その影響で大幅に工期が遅れてはいるが、頓挫《とんざ》したわけではない。では、新銀河建設への強い恨みがあって損害を与えようとしたのかといえば、五億円程度の損害は、それなりに大きい企業である新銀河建設の、屋台骨を揺るがすほどのものとも言えない。また、新銀河建設が水面下で身代金を支払ったわけでもない。こうなると、犯人の目的が何なのか、いよいよわからなくなってくる。

片方では、一億円を要求してきて、その金を手に入れようとしない。もう片方では、新駅建設を妨害したわりに、それが一時的なものにすぎない。このチグハグさは、何なのだろうか。

そこで、君たちに、ききたい。犯人が何を、どう考えているのか、想像できる者は、どんなことでもいいから、遠慮なく意見を言ってほしい」

と、十津川は、刑事たちの顔を見回して、言った。

一人の刑事が、手を挙げ、

「私の勝手な想像ですが、構いませんか？」

「構わない。話してくれ」

十津川が、促す。

「犯人は、中年の男で、おそらく、会社では、中間管理職の人間ではないでしょうか？　上と下から突っつかれて、毎日が面白くない。そんな男だと思います。彼は、世間をびっくりさせたいと考えました。一億円脅迫事件は、たぶん、小説で読んだことを参考にしたのではないかと思うのです。鉄道会社を脅迫して、一億円を手に入れる小説です。犯人は、小説の前半だけを真似して、ＪＲ東日本を、脅迫したのだと思うのです。犯人は小説どおりに一億円の脅迫事件を実行してみました。それが思いのほかうまくいったので、初めのうちは喜んでいたと思うのですが、そこは、素人《しろうと》ですから、次第に怖くなった。そこで脅迫を止めてしまったのだと思います。もし、犯人が度胸のある人間だったら、絶対に、最後までやり抜こうとするでしょう。しかし、怖くなったので、脅迫を、止めてしまったのです。たぶん犯人の男は、警察に捕まるのではないかと、今でも、戦々恐々としているのではないでしょうか？」

「つまり、君が言いたいのは、一億円脅迫事件は、アマチュアの、中途半端な犯行だということか？」

「そうです。いくら考えても、それ以外には、考えようがありません。今も申し上げたように、プロならば最後まで、やり抜くはずですから」

途端に、会議室は、騒然となった。刑事たちが、口々に、言う。

「でも、それなら、山手線脱線事故を起こしたり、新銀河建設の社長を誘拐したりしたことは、どう説明するんだ？　犯人は、ひとりじゃなくて複数いるようだが、そんなヤワな人間たちじゃないと思うぞ」

「警部のおっしゃるとおり、一連の事件で、犯人、もしくはその一味は同一とは思うが、その中では、犯罪のプロとアマチュアが、交じっているということなのか？　さっぱり、わけがわからん」

ひとしきり議論が続き、落ち着きを取り戻すと、十津川は、

「発言してくれた者に感謝する。何でも思いついたことを意見してくれ、と言ったのは、この私だ。皆で、議論するきっかけになれば、いいんだ。ほかには？　誰か意見のある者はないか？」

と言うと、別の若い刑事が、立ち上がった。

「今の話だと、脅迫する相手や目的は、何でもいいということに、なってしまいます。とにかく、日頃の鬱憤《うつぷん》を晴らすための脅迫なのですから。その時、山手線の駅を爆破すると脅迫するのは、あまり一般的ではないと思うのです。普通なら芸能人とか銀行とか、あるいは、テレビ局とか、そういう世間の注目を集めるような相手を脅迫するのではないかと思うのです。しかし、今回は全く違います。その点が、私には、どうにも合点がいきません」

と、その刑事が、言った。

「君の言いたいことはわかる。しかしだな」

と、十津川が、言った。

「山手線に新たな駅が生まれるというニュースは、これまで、多くの新聞に載った。たしかに、大金を強請《ゆす》る相手としては珍しいが、しかし、新聞に載っているのを見た犯人ならば、当事者であるJR東日本を脅迫してみたいと、思うんじゃないかね？」

「たしかに、たまたま、新聞を見て、それでJR東日本を脅迫したということも、考えられますが、それでもピンと来ないのです」

と、その刑事が、言った。

「そうか、君の言いたいことは、よくわかった。ほかには意見はないか？　何でも構わない。川本賢三郎と、娘のかおりに関することでもいい」

と、十津川が、言った。

すると、別の刑事が、手を挙げた。

「私は、川本賢三郎についてわれわれは間違った認識を持っているのではないかと、危惧しています」

「間違った認識というのを、わかりやすく説明してくれ」

「最初、私にとって川本賢三郎というのは、一年半ほど前に亡くなった、売れない作家、その程度の、認識でした。ところが、二十億円という、莫大な額の川本ファンドの持ち主だということが、わかってきました。こうなると、この小説家は、じつは、大きな事件の黒幕ではないのか、そんなふうに考えるようになりました。しかし、この考えは間違っているのではないか？　ただ単に、売れない作家、最近死んだ作家というのも、間違っていると思うのですが、同じように、何か得体の知れない怪物のように考えるのも間違っているのではないでしょうか」

「しかし、Ｋ銀行の世田谷支店、そこに川本賢三郎名義の二十億円の、ファンドがあることも、たしかなんだよ」

「そのとおりです。しかしそれを、開設したのが、亡くなった川本賢三郎本人かどうかは、わかりません。彼の名前を使って、何者かが、K銀行の世田谷支店に川本ファンドを作ったのかもしれないと思うのです。何しろ、川本賢三郎本人は、すでに死んでいるのですから、誰も川本ファンドの真相について、証明できる者はいません。それに、本人が亡くなっているということは、決められた人間、ファンドの代表者が資金を自由に引き出したり、振り込んだりもできるわけです」

「君は、誰か、別の人間が川本賢三郎の名前を使って、川本ファンドを作り、利用しているのだと言いたいわけだな？」

「そのとおりです」

「では、いったい、どんな人間が、作ったと思うんだ？」

と、亀井が、きいた。

「権力者だが、自分の名前は表に出したくない。そのくせ、大金を、何かの活動や、運動に使いたい。あるいは、大金を川本ファンドに入れておき、それを、使いたい時に使う。自分の名前を使わずに、です」

「君の意見に賛成だ。たしかに、われわれは、自分たちの勝手な想像で、川本賢三郎像を作り上げてしまっていた。売れない本ばかりを書いていたのに、なぜか、金儲けはうまかった。そんなふうに考えていたが、今、君が言ったように、彼の名前を使っている人間がいて、その人間が、川本賢三郎の名を冠したファンドを利用していた。むしろ、そう考えるほうが自然だ」

3

十津川は、ひと通り、刑事たちの意見をきいた後、亀井刑事だけを残して、ほかの刑事たちには聞き込みに行かせた。そして、しばらくすると、

「星野君に会いに行こう」

と、亀井に、言った。

「今のところ、川本賢三郎と、その娘、川本かおりについては、われわれよりも、彼のほうが、よく知っているからね」

三鷹のマンションに住む星野に電話で連絡を取り、新宿で会うことを、約束した。

新宿駅西口の、前回と同じ、てんぷら屋である。店で会って夕食を食べながら、十津川、亀井、星野正之の三人で、話すことにした。

「あなたと川本賢三郎について、いろいろと話し合うのは、あまりできなくなると思います」

と、十津川が、言った。

「どうしてですか？」

「上から、今後、川本賢三郎について調べるのは、中止するようにと、命じられているんです」

「いったい、何があったんですか？　どうして、そんな指示を、警視庁のお偉方が出すんですか？　今回の一連の事件に、川本賢三郎と娘のかおりが関係していることは、間違いないと思いますが」

「だからなのかもしれませんね。たぶん、川本父娘《おやこ》には、何らかの理由で、誰か有力政治家が関係しているんですよ。たぶん、その政治家から、うちの上層部に、捜査を中止しろという圧力がかかったんでしょう」

「いや、それは、おかしいですよ」

「どうして？」

「もし、抗議の手紙を、出すのであれば、警察よりも、今回、彼の本を出すことになったうちの出版社のほうに、来るはずじゃありませんか？　うちの会社のほうが、あからさまに、川本父娘のことを、あちこち調べ回っていたんですから」

と、星野が、言った。

「たしかに、そのとおりですね」

と、亀井が、笑った。

星野も「そうでしょう?」と笑って、続けた。

「その点、私は、これからも、自由に、川本賢三郎と娘のかおりについて調べることができますね。警視庁から、給料をもらっているわけじゃありませんから」

「だけど、難しくなるかもしれませんよ」

と、十津川が、言った。

「どうしてですか?」

「今も言ったように、警察に、捜査の中止を言ってきたのは、政治家なんです。しかも、かなりの権力者でしょう。その人間にとって、一番困るのは、警察が捜査をしていることですが、それに加えて、あなたたちがいろいろと調べていることだって、うるさく思っているかもしれない。警察の捜査を止めさせるのに成功したから、あとはあなたたちマスコミが、唯一、邪魔だと、ね。そうなると、力であなたたちを黙らせようとすることも考えられます」

「私たちは、埋もれた作家、川本賢三郎の本を、わざわざ、出版しようとしているんですよ。もし、その政治家が、川本賢三郎のファンだというのなら、久しぶりに本が出ることを、喜ぶはずだと思いますけどね」

十津川は、屈託《くつたく》のない星野の答えに、微笑《ほほえ》んだ。

「一般的にはそうなんでしょうけれど、なかなかそうも行かないかもしれませんよ」

「そうでしょうか」

「今回ばかりは、そういう心配もあるので——ところで、問題の川本ファンドですが、われわれが上から捜査の中止を命じられたところを見れば、現在も生きている有力政治家が、実際の川本ファンドの、所有者ではないかと、私は考えています。名前を川本ファンドとしたのは、今の時代、忘れられてしまった作家だから、目立たない。しかし、隠れたファンがいる。そうした人間の名前は使いやすいんでしょう。そう考えたに違いありません。星野さん、私は、全く関係のない人間が、川本賢三郎の名前を使ったとは、思えない。何らかの、関係がある人間が、本当の川本ファンドの主だと、思っていますが、何か心当たりはありませんか？」

十津川が、星野にきいた。

「そうですね。川本賢三郎は、会津の小さな町、西野町の出身です。こちらでは、その本を出すわけで、有名人の、推薦文をもらおうということになりましてね。西野町で現在、出世頭の人間は誰かと、調べてみました。その結果、適当な人間が見つかったんです」

「どんな人間ですか？」

「名前は、辻本康信《つじもとやすのぶ》、六十歳です。現在、与党の幹事長の要職についていて、やり手の政治家として、通っています。この辻本康信が、西野町の出身なんです。それで、明日にも会って、推薦文を書いてもらえるよう、お願いしてみようと、思っているんです」

と、星野が、言った。

十津川も亀井も、辻本康信の名前は、知っていた。

「辻本幹事長の様子を、あとで、われわれに、教えてくれませんか。われわれは、川本賢三郎について調べることを、禁じられているため、当然、この辻本康信幹事長についても、調べることは許されないと思いますので」

と、十津川が、言った。

次の日は一日、十津川たちは、一億円脅迫事件についての、聞き込みを続けた。一千万円がばら撒かれた品川駅の新幹線ホーム、そこに置かれた監視カメラの映像もすべて預かって調べた。

しかし、これといった、収穫はなかった。

金銭の恐喝や誘拐事件で、警察が最も犯人に近づけるのは、金の受け渡しの時である。

ところが、今回の脅迫事件では、金の受け渡しが、なかった。肝心のそのシーンがないので、犯人像が浮かんでこないのである。

夕方には、聞き込みに行っていた刑事たちも不満そうな表情を浮かべて、捜査本部に、戻ってきた。

数日後、十津川と亀井は、例の新宿駅西口にあるてんぷら屋で、星野に、会った。いつもと同じように、夕食をとりながらの話になった。

星野は、与党幹事長の辻本康信に面会したと言い、その印象から話した。

「辻本幹事長は、とにかくご機嫌でしたよ。今、彼が所属している保守党の、天下ですからね。何でもできるという、そういう思いが、あの笑顔に、なっているのではないかと思います。とにかく、ご機嫌で、自分はずっと、川本賢三郎のファンだった。今でも、彼の小説が、大好きだと、言っていました。本当かどうかは、わかりませんが」

星野が、言う。

「具体的には、どんな話を、したんです？」

と、十津川が、きいた。

「最初は、わざわざ時間を作って会っていただいたことの、お礼を言いました。それから、最近の政府、なかなか、評判がいいじゃないですかと言ったら、辻本幹事長はニッコリして、それもすべて、誠心誠意、国民の皆さんに接しているからですと、言いましたよ。だから、ちょっと皮肉ってみようと思って、政治には、やっぱりお金がいるんじゃありませんかと言ったら、叱られました」

「どう叱られたんです？」

「お金の話は、しないほうがいい、それが礼儀というものだと、言われてしまいました」

「それは、裏から考えれば、今でも政治には、お金がかかる。そういうことでしょうね？」

と、亀井が、きいた。

「たぶん、そういうことでしょうね」

「川本ファンドについても、何か、話があったんですかね？」

「ええ、ありましたよ。これについては、私のほうから、話題を振ってみました。うちは今回、川本賢三郎の本を出すわけで、質問ができますからね。それで、K銀行の世田谷支店に川本ファンドがありますが、幹事長はご存じですかと、きいてみました」

「そうしたら？」

「もちろん知っている。しかし、ここに来て、名前が変わったんだと、言われました。そのことは知らなかったので、辻本幹事長と別れた後、K銀行世田谷支店に、電話をしてみたんですよ。そうしたら、支店長が言いました。川本ファンドについてですが、川本賢三郎は亡くなったし、一人娘のかおりさんも去年の二月に事故で亡くなってしまった。今は、KKK、Kが三つ、三Kファンドという名称になったと、言われました」

「どうして、三Kなんです？」

と、亀井が、きいた。

「川本のK、賢三郎のK、それから、かおりのK、この三つです。そして、驚いたことに、辻本康信が、推薦されてそのファンドの責任者になったそうです。反対する人間は、誰もいなかったと言っています」

十津川は、目を見開いて、言った。

「よくぞ、ききだしてくれました。そうか、辻本康信は、川本賢三郎と同郷というだけではなくて、川本ファンドにも相当深くかかわっているんだな」

亀井も、星野が調べてきたことを、熱心に、手帳にメモしている。

星野は、ビールを呑み、ひと息ついてから、

「僕は、去年のバス転落事故で生き残ったとされている山下奈津美さん――川本かおりさんの友人ですね――が、じつはあの時に死んでいて、死んだとされている川本かおりさんが山下奈津美さんにすり替わったのではないかと疑っていたんですが、どうやら見当違いだったようです。K銀行が川本かおりさんの死亡を認定したからには、それなりの裏付けがあったと見るべきでしょう。現に、三Kファンドと名称を変えるのを認めているくらいですからね」

と、言った。

「なるほど。星野さんが言うことには一理あるな。川本かおりさんと山下奈津美さんが、じつは同一人物というのは、無理な仮説なのかもしれない。われわれは、川本父娘に関する調査ができない状況にもあるし、この線は捨てなければならないのかな」

十津川は、呟いた。

4

その後も、星野からは、時々、十津川に情報が、もたらされた。

例えば、K銀行世田谷支店にある三Kファンド、そこには、現在約二十億円の資金が保有されているが、その二十億円について、自由に使える権限を持つ人間として辻本幹事長のほかに、二名の名前が追加されたと、教えてくれた。

「名前は、藤田晃司《ふじたこうじ》、渡辺修《わたなべおさむ》の、二名です。この二人について調べたところ、藤田晃司は、辻本幹事長と大学が同じで、卒業した年も同じでした。つまり、大学時代の親しい友人で、卒業後も、親しくしているのです。もう一人の渡辺修のほうは、彼の息子が、辻本幹事長の秘書官をやっていたことがあります。つまり、二人とも、辻本幹事長の知り合いで、三Kファンドについて、辻本幹事長に反対することは到底考えられません」

と、星野は、言った。

しかし、星野は十津川に、忠誠を尽くしたわけではなかった。川本かおりがバス事故で死んでいたことは間違いないだろう——前回の会食でそうは言ったものの、じつは、山下奈津美へのすり替わり説に、いまだに固執していたのである。彼からすれば、固執というより、今や確信であった。そのように確信したのは、山下奈津美が勤めている品川駅前の観光会社の同僚、広田千夏の証言がもとになっていた。だが、星野は、十津川にも亀井にも、広田千夏との会話の核心部分を明かしていなかった。それがなぜなのか、と問われても、星野自身にも説明がつかなかった。〝山手線の恋人〟は、自分だけのものにしたい。そうとしか、言いようがない感情に囚《とら》われていたのである。

しかし、そうは言っても、川本かおりについて考えれば考えるほど、疑問がわいてきて、ひとりで考え込む羽目《はめ》になってしまった。

川本かおりが、なぜ、事故死した友人に成りすましたのか、その理由が、皆目《かいもく》わからなくなってしまったからである。

K銀行世田谷支店には、川本ファンドがあって、二十億円近い金額が集まっていた。川本賢三郎が亡くなっても、その娘の川本かおりには、その川本ファンドの資金を使う権利があった。もちろん、彼女にも、わかっていたはずである。

それなのに、自分が死んでしまったことにしたため、二十億円の川本ファンドの資金を、使えなくなってしまった。

何と言っても、二十億円である。

その二十億円を自由に動かす権利を、みすみす捨ててしまったことを意味するのだ。

なぜ、そんなバカげたことをしたのか、星野には、まったく理解できないのである。

「何か、考えていることでも、あるのですか？」

いつものように、新宿駅西口のてんぷら屋で食事をしながら、十津川が、星野の顔をのぞき込んで、きいた。

星野は、慌てて答えた。

「川本父娘が亡くなっているので、川本ファンドの代表者がいなくなって、ファンドの名称も変わり、辻本幹事長が、責任者になりました。だけど、もし、今、川本かおりさんが生きていたら、当然、川本ファンドの名前も残り、彼女がファンドの資金を自由に使えたわけですよね？」

「もちろん、そうでしょう。そのファンドに大口の出資をしている人間がいれば、ファンドの資金を動かす時、その大口出資者のことも考慮しなければならないでしょうね。しかしまた、今になって、どうして、そんなことが気になるんですか？」

と、十津川が、逆に、きいた。

「二十億円もの大金が、名義人が死ぬと、あっさり、他人のものになってしまう。それが、何とも、不思議な感じがしたんです。K銀行への問い合わせでわかったんですが、元々の名義は川本ファンドになっていたが、実際には、共同管理者として、辻本康信の名前もあったそうです。川本ファンドは、実質、川本・辻本ファンドだったんですよ。どうして、辻本幹事長は、自分の名前を隠していたんですかね？」

「たぶん、政治の中枢にいる人間が、金儲けに熱中していると思われるのが、怖かったからでしょう」

「しかし、そうなると、二十億円という金額の中身も、問題になるのではないでしょうか」

と、星野が、言った。

「どんなふうにですか？」

星野は、何を言おうとしているのか。十津川は、注意深く、問い直した。

「僕は最初、ファンドにあったお金が二十億円と知った時、本は売れなかったが、意外に、金儲けの才能があったんだなと思い、次に、ようやく入手した、川本賢三郎のエッセイを読んでからは、さまざまなことに賭けていて、それで儲けたのではないかと思ったんです。だけど――」

「それにしては、金額が大きすぎる？」

「そうなんです。それに、疑問を持っていたんです」

十津川は深く肯いてから、星野の目をじっと見ながら、口を開いた。

「率直に言って、われわれの見方は、違っています。二十億円の中身は、ほとんど、辻本幹事長の金じゃないかと考えているんです。辻本幹事長は、長いこと幹事長をやっていて、名幹事長と言われていますが、じつはひそかに法外な金を動かしてきたことも事実です。特に、総選挙なんかの時には、勝つために、何百億円の金が動くと言われています。個人の口座を使って、出し入れしたのでは、どうしても目立ってしまう。その点、ファンドを通してなら、出資のかたちで、いくら金を送っても怪しまれないし、大金を受け取っても、株で儲かったなどとすれば、不思議がられることはありませんからね」

「K銀行の川本ファンドの記録を調べれば、金の出し入れがわかりますね？」

「そうでしょうが、私たちは、捜査を禁じられています。それに、プライバシーについては、もともと、銀行も話してくれないんです」

「私がきいたところで、そういう細かいことは、銀行は教えてくれないでしょうね。

マスコミといっても、うちの会社には、新聞、テレビのような大手の力は、ありませんから」

と、星野は、言った。

「しかし、今、私が話したことは、大筋《おおすじ》で間違っていないと思いますよ」

と、十津川は、自信を持って言い、こう続けた。

「川本ファンドというのは、最初から、辻本幹事長が、怪しまれずに、大金を動かすために、作ったんだと思っています。同郷の川本賢三郎の名前をファンド名にしたのは、川本賢三郎という名前が、ちょうど良かったからでしょう。売れない作家だけど、少ないが熱心なファンがいた。ほとんどの人が知らないから、注目されないが、いざとなれば、きちんとした名前で信用される。ちょうどいいファンド名ですよ」

それをきいて、星野が呟いた。

「それにしても、父親の川本賢三郎が亡くなり、次に、一人娘の川本かおりさんが、バス事故で死んでしまいました。そして、後継者が、ひとりもいなくなった。事実は小説より奇なり、ですね」

「そうですね。たしかに、川本さん父娘のどちらかが生きていれば、二十億円ものお金を動かせるのですから、もったいない話ですね」

と、十津川が、言った。

5

星野と別れ、警視庁に戻ってから、それまで何事かを考え込んでいた十津川は、亀井に向かって、

「どう思った？」

と、きいた。

「何がですか？」

「星野君が、妙なことを、言っていたじゃないか。あれが、気になってね」

「妙なことを、言ってましたか？」

「川本ファンドの話の時、一人娘の川本かおりが死んでなかったら、今でも川本ファンドはそのままでしょうね、みたいなことを、言っていたじゃないか」

と、十津川が、言った。

「たしかに、言ってはいましたが、当たり前のことを言っていただけのように思いましたが。それが、何か――」

と、言いかけてから、ハッと気づいたように、

「星野君が、ここに来て、川本父娘について再びこだわりはじめているのが、妙だったということですね？　そうでしょう？」

と、亀井が、言った。

「そうなんだ。星野君は、川本かおりがバス事故で亡くなったのは間違いないと言いつつ、なぜか異様に、川本父娘にこだわっているように感じるんだ。父親の川本賢三郎は、病死している。娘の川本かおりも、事故で亡くなった。彼女が生きていれば、川本ファンドの権利は彼女のものになったが、川本ファンドは、すでに、三Kファンドとなり、代表者は、辻本幹事長になっている。それなのに、星野君は、やたらに、川本かおりが生きていれば、と、くり返していた。それが、気になってね」

と、十津川が、言う。

そばにいた日下刑事が、口を挟《はさ》んだ。

「川本かおりは、たしか、友人と志賀高原行きのスキーバスに乗っていて、バスが転落し、彼女は、亡くなっていますよね」

と、言った。

「そうだ。去年二月の転落事故だった」

「その時、一緒に行った友だちで、助かったのが山下奈津美です。その時の新聞記事を見つけてきます」

日下は、そう言って、資料室に出かけて行き、一時間ほどして戻ってきた。問題のスキーバスの転落事故を報じる新聞記事をデータベースで検索して、コピーしてきたのだ。

写真入りの記事である。

事故で死んだ川本かおりの名前と、顔写真。

辛くも助かった友人の山下奈津美の名前と、顔写真。

親友の死を悲しむ山下奈津美の言葉。

「よく見てみると、この二人は、似ているんだよ」

と、十津川が、呟いた。

「たしかに。今どきの小顔で、よく似ています。たぶん、身長、体重も似ていると思います」

と、日下刑事も、言う。

「この二人のうち、川本かおりが死んで、山下奈津美は生きているということだな。山下奈津美と星野君とは、どんな関係だったたっけ？」

十津川は、日下刑事にきかせるように、亀井に改めて確認した。

「山手線が脱線事故を起こして、五人の負傷者が出ました。一方、星野君は、川本賢三郎の本を出す出版社にいて、この時、負傷入院した五人の見舞いに行っています。その中にいたのが、山下奈津美です。星野君にとって、彼女は〝山手線の恋人〟だと言っていましたね」

と、亀井が、答える。

「やはり、星野君は、川本かおりと山下奈津美が同一人物であるという、何らかの確証を得ていると、見るべきだろうね。そう思っている理由を、われわれには、なぜか教えてくれないのだが。川本かおりが、本当にバス転落事故で死んでしまったのか、それとも、じつは生きているのか。これこそが事件の、重要な鍵になるだろう」

厳しい面持《おもも》ちで、十津川は、言った。

第六章　山手線の行方

1

脅迫電話などがあったために、一時、山手線の新駅の建設工事は、停滞してしまっていたのだが、ここに来て、ようやくまた、軌道に乗り始めた。

そんな時、同じような脅迫犯が、また、現れたのである。ＪＲ東日本の本社に、男の声で、電話が入った。

「われわれは、山手線に、新駅を作ることを反対する。もし工事を中止しないというのであれば、山手線の電車か、駅か、あるいは新駅の工事現場か、どこかを破壊することになるだろう。ただし、君たちの対応いかんでは、取引に応じることにする。君たちが一億円を支払うというのであれば、取り止めてもいい。明日の午後三時までに、一億円を用意しろ。応じなければ、容赦なく、爆破する」

男は、くり返し、「われわれは本気だ。これは単なる脅しではない」と、言った。

この事件も、警視庁捜査一課の十津川班が担当することになった。

亀井が、顔をしかめて、言った。

「とにかく似たような事件ですね。いや、似ているというよりも、そっくりと、言ってもいい」

「爆破テロをほのめかして、金を奪おうなどという事件が、次から次へと、起きるとはね。物騒《ぶっそう》な世の中に、なったものだ」

そう答えると十津川は、亀井と二人で、JR東日本の社長を訪ねた。

応対したJR東日本の社長は、憔悴《しょうすい》しきった顔で、こう言った。

「山手線の脱線事故、爆破テロを予告した一億円脅迫事件、新銀河建設の社長父子を誘拐しての工事妨害事件と続いて、今度もまた、一億円を脅し取ろうという奴が、現れました。こちらはもう、お手上げですよ。警察も必死に捜査してくれていることは、わかっているのですが、なんとかならないのでしょうか」

十津川は、誠意を込めて、答えた。

「捜査がなかなか進まず、申し訳ありません。今回の件も含め、事件解決に向けて、全力を尽くします――それで、前と同じように、犯人が、要求している一億円を、用意するつもりですか？」

「ええ、一応、用意は、しておこうと思っています。私たち鉄道会社というのは、たくさんの、お客様の命をお預かりしていますからね。脅迫や破壊行為には、すこぶる弱いのです」

と、社長が、言った。

前の脅迫事件でＪＲ東日本の総合指令室の電話機に取りつけた時と同じように、社長室にある電話機に録音機を、設置した。

翌日の朝になると、男から、また電話が入った。

「どうだ、約束の午後三時までに一億円は用意できそうか？　それから、警察には、何も話していないだろうな？　もし警察に通報していたら、その時点で、この話は、終わりだ」

と、男が、言う。

「金は大丈夫だ。そちらが、指定した午後三時までなら、一億円は、何とか用意できる。それから、警察には、何の連絡もしていないから、安心してくれ。何しろ、一日、何百万人というたくさんの乗客が、山手線を使っている。うちとしては、絶対に、人命にかかわる事態にだけは、したくないんだ」

と、社長が、言った。

「わかったよ。その調子で、一億円を用意してくれ。そっちが、ちゃんと金を払ってくれるのなら、乗客に、危害を加えるようなことは、しない。約束する」

と、言って、犯人は、電話を切ったが、最後は、何となく、笑っているような感じだった。

電話の後、今回録音した男の声と、前の一億円脅迫事件の時の犯人の声とを、比べてみることにした。

二つの声を記録した録音機を、科捜研に持っていって、調べてもらう。

その答えは、一時間もかからずに出た。科捜研の技官が、十津川の携帯に電話をしてきて、こう言った。

「二つの声は、明らかに、別人のものです。間違いありません。ただ、しゃべり方は、とてもよく、似ていますね」

その結果をきいて、ＪＲ東日本の社長は、

「われわれは、甘く見られているのかもしれませんね」

と、言って、舌打ちをした。

「どうして、そう、思われるんですか？」

と、十津川が、きいた。

「前の一億円の脅迫事件の時に、犯人は、われわれに命じて、一千万円を品川駅からばら撒かせたでしょう？　今回の犯人は、あの時の顚末《てんまつ》を見て、われわれをちょっと脅かせば、すぐにどんなことでもする、何でも自分たちの言うことをきくと、そう思ったんじゃないですかね。その発想で、一億円ぐらいの金額なら、われわれが、簡単に払うだろうと思って、脅してきたんじゃないかと思います。十津川さん、そうじゃないですか？」

と、社長が、悔しそうに、言った。

「世の中から、こうした悪質な脅迫事件をなくすためには、何としてでも、犯人を逮捕することです。それが、何よりも効き目のある方法です。しかし、まずは、犯人の出方を探らなければなりません。こちらが一億円を払う気があると思わせておいて、犯人を、逮捕に持っていきましょう」

と、十津川が、言った。

「わかりました。私は、どうしたらいいんでしょうか？」

「犯人に対しては、あくまでも、一億円を払ってもいいというような態度を、見せておいてください。犯人には、言いなりになっていると、思わせる。その調子で、電話でも、普通に答えてくださっていれば、それでいいですよ。その後は、われわれ警察が、やりますから」

と、十津川が、言った。

午後三時ぴったりに、犯人は、電話をしてきた。

「どうだ、一億円は、用意できたか?」

「ああ、何とか、用意したが、君たちは、何で、こんなことをするのかね? いったい、何が目的なんだ?」

「昨日も言ったじゃないか。われわれは、山手線に新しい駅を作ることに、反対なんだよ」

「どうして反対しているんだ? 山手線に新しい駅ができれば、今よりも、いろいろと便利になっていいじゃないか? 賛成の投書だって、たくさん来ているんだ。今、世の中で、新駅の建設に反対しているのは、君たちのような、ほんのひと握りの人間だけなんだぞ」

社長は、十津川に注意されていたことをすっかり忘れて、やたらと声を大きくしているが、犯人は、それには構わず、

「もういい。あんたと議論をしているヒマはない。とにかく、一億円は、用意できたんだな？」

と、きいた。

「ああ、用意できた」

「そうか、それは、よかった」

「それで、これから、どうしたらいいんだ？　どこで、どうやって、渡したらいいんだ？」

と、社長が、きいた。

「今のところは、まだ、渡してくれなくてもいいよ」

「なんだと。じゃあ、どうしたらいいんだ？」

「こうしよう。今、新宿のNデパートで、世界宝石展という展示会を、やっている。そこで一〇カラットのダイヤモンドの指輪が売りに、出されている。値段は、ぴったり一億円だ。これから、Nデパートに行って、そのダイヤモンドを、買ってこい。一時間あれば、買って帰ってこられるはずだ。一時間したら、もう一度電話する」

と、犯人が、言った。

「ちょっと待ってくれ」

社長が、慌てて、言った。

「何だ？」

「君が一億円ほしいといったから、こちらは必死になって、指定された午後三時までに、現金で一億円を用意したんだ。それなのに、新宿のNデパートに行って、一億円で一〇カラットのダイヤモンドの指輪を買ってこいという。どういうつもりなんだ？　それなら、最初から、一億円相当のダイヤモンドの指輪がほしいと、そう言えばいいじゃないか」

「いいか、よくきけよ。こちらは、いつでも、好きな時に、簡単に、爆破できるんだよ。どうやら、あんたには、そのことがどういうことなのか、いまだに、よくわかっていないみたいだな。気が変わったよ。それでは、今回の取引は、いったん中止ということにしよう。明日また正午に電話する」

そういって、相手はさっさと電話を切ってしまった。

電話はすでに切れているのに、社長は、電話機を耳に当てたまま、呆然《ぼうぜん》と立ち尽くした。そして、顔を上げると、苦渋に満ちた表情で、

「怒ったのは、まずかったですね。犯人の言葉に、ついカッとなってしまって。申し訳ありません」

と、十津川に、謝った。

「いや、謝る必要は、ありませんよ。こういう犯人は、また向こうから、電話してきますから」

十津川は、慰めるように、言った。

ＪＲ東日本の社長は、ホッとした様子で、気を取り直して十津川に尋ねた。

「それにしても、犯人は、最初は、一億円がほしいと言っていたのに、どうして突然、デパートが売りに出している一〇カラットのダイヤモンドの指輪を買ってこいなんて、言い出したんでしょう。どういう了見なんですかね？」

「一万円札で一億円となると、十キロほどの重さに、なります。十キロといえば、かなりの重量ですよ。おそらく犯人は一人か、二人の、少人数なんですよ。もし、うまく、一億円を手に入れたとしても、十キロもの重さのものを、持ち歩くのは難しい。そこで、考えたんでしょうね。ちょうど新宿のＮデパートで、一億円のダイヤモンドの指輪を売り出している。それを買ってこさせれば、一〇カラットだろうとも、ズボンのポケットに入りますからね。現金を、持ち運ぶよりもずっと楽ですよ。だから、こんな要求を、してきたんじゃないですかね。私は、そう推測していますが」

と、十津川が、言った。

「なるほど。そういうことかもしれませんね。犯人の言うとおりにしましょう。明日、秘書に命じて、Nデパートに、ダイヤモンドの指輪を、買いに行かせますよ」

と、社長が、肯いた。

しかし、その深夜に、事件が起きた。

2

その日の夜半、午前零時、正確にいえば午前零時十二分過ぎ、突然、新駅の工事現場に北東方向から砲弾が飛んできて、爆発した。

幸い、深夜の時間帯だったので、現場には作業員たちはおらず、人が死ぬことはなかったが、組み立てたばかりの鉄骨が、ねじ曲がり、火災が起きた。

通報を受けた消防車が二十台、現場に駆けつけてきて、一斉に放水をしたが、その火が消えるまでには、三時間近くかかった。

この大事件は、警察だけでなく、自衛隊にも、衝撃を与えた。

現場検証により、どうやら、迫撃砲《はくげきほう》が使われた疑いが濃いことが判明したからである。

迫撃砲は、近距離の敵陣地に砲弾を射ち込む曲射砲である。遠くへは飛ばせないが、近距離なら、短い砲身から大きな弾丸を飛ばすことができる。

さらに詳細な検証で、使用されたのは、口径八十一ミリの迫撃砲と特定された。すぐさま、自衛隊で、これと同口径の迫撃砲が盗まれていないかどうか、緊急調査が行われた。その結果、陸上自衛隊の朝霞《あさか》駐屯地で、口径八十一ミリの迫撃砲が一門、盗み出されていることが、判明した。砲一門と、砲弾五発である。

その後の捜査で、犯人は、軽自動車に、迫撃砲を積み込んで、現場の北東のビルの横に駐車。工事現場からの距離二百三十メートル。深夜の工事現場は、作業員の姿もなく、静まり返っていた。

犯人は、照準を合わせ、二発の砲弾を発射。二百三十メートルの距離である。砲弾は、簡単に、工事現場の真ん中に命中した。

急報を受けた十津川は、消火作業が終わったあと、消防隊の隊長と一緒に、現場を見て歩いた。

迫撃砲によるものという情報はまだ入っていなかったが、ただの火事と違うことは、焼け跡に踏み込んで、すぐわかった。

単なる放火との違いは歴然としていた。鉄骨はねじ曲がり、コンクリートの床と、壁には、大きな穴が、二つ空《あ》いている。

「犯人は、何を考えているんですかね？」

と、亀井が、呟いた。

「異常なまでの破壊衝動が、あるんだろう。そうとしか、考えられん」

と、十津川が、言う。

「常軌を逸していますね。何としても、一刻も早く、逮捕しなくては。それにしても、ＪＲ東日本を脅かすためなら、放火だけでも、よかったはずですよ。なぜ、迫撃砲なんか、使ったんでしょうか？」

「迫撃砲を持っていることを、見せつけたかったんだろう。北朝鮮と同じだよ。必要もないのに、強力な武器を持っていることを、やたらに、見せつけたがるんだ」

「これだけ工事現場を叩きこわせば、ＪＲ東日本は、われわれが止めようとしても、黙って、一億円を払ってしまうんじゃありませんか？」

「単なる放火でも、払うと思うがね」

と、十津川が、言う。

「犯人の目的が、わかりませんね」

と、消防隊長が、舌打ちした。消防隊長には十津川から、犯人からかかってきた脅迫電話について、細かく説明していた。

「それは、先ほどお伝えしたように、ＪＲ東日本を脅して、一億円を奪い取るのが目的ですよ」

「それなら、放火で十分のはずですよ。これでは、いくら何でも、やり過ぎでしょう」

「犯人は、山手線に新駅を作るのをやめろ、と迫ってきましたが、単なる脅迫材料なんかではなく、本当に新駅建設を、憎悪しているようですね。だから、放火でなく、砲弾を射ち込んだのでしょう」

「何て奴なんだ。でも、そうだとしても、別に工事現場に砲弾を射ち込まなくたって、射ち込むぞと脅迫するだけで、新駅建設は、当分、中止になりますよ」

と、消防隊長が、言う。

「いや、犯人は、新駅建設を妨害するという以上に、面白がっているのかもしれませんよ」

と、亀井が、言う。

「何を、面白がってるというんだ？」

十津川が、きくと、亀井は、

「一億円もほしいが、同時に、人や社会を驚かせたい。そんな強烈な自己顕示欲が、エスカレートしているように思えるんです」

と、答えた。

「同感だ。そんなところも、北朝鮮と同じだな。砲弾は五発、盗まれているから、あと三発残っている。まだ使うつもりかもしれないな」

と、十津川は、言った。

正午、男からJR東日本の社長室に、三度めの電話が入った。

「どうだ、一億円を持って、新宿のNデパートに、行く気になったか?」

と、男は、言う。

「ああ、行く気になった。そちらの言うとおりにするよ。それより、どうして、こちらの返事を待たずに、工事現場を、ぶっこわしたんだ?」

と、社長が、怒りを押し殺して、きいた。

男は、せせら笑うように、

「われわれの要求に対して、そっちが、拒否に近い態度を、取ったからだ。あんたたちがバカなんだ。われわれのことを、甘く見ているから、痛い目に遭うんだよ。まだ逆らうなら、もう一度、どこかを砲撃することになるぞ」

と、答えた。

「わかった。これから、Nデパートに行って、指輪を買ってくる」

「よし、午後三時に、もう一度、電話をする」

と、男が、言った。

もちろん、JR東日本の社長自らが、Nデパートに行くわけではない。秘書の加藤が一億円の現金を車で運んで、Nデパートに行き、一億円相当のダイヤモンドの指輪を買って戻ってきたのである。

問題のダイヤモンドを、社長に手渡しながら、加藤秘書が、

「情けない気持ちでいっぱいですよ」

と、悔しそうな顔で、言った。

「何が、情けないんですか？」

十津川が、きいた。

「前の事件で、私は、一千万円を品川駅まで運び、ホームで札束をばら撒くなんて恥ずかしいことをさせられました。そして、今回も、犯人の言うがままに一億円を運んで妙な買い物をさせられたんです。事情はわかりますが、情けないったらありゃしません。一億円を一万円札でバッグに詰めこめば、一億円がかなりの金額だということ

は、一目瞭然です。しかし、こんな小さな指輪一つでは、同じ一億円でも、一億円の重みが、全くわかりません。それなのに、どうして犯人は、こんなものを、ほしがるんですかね？　換金しようたって、指輪の素姓が明らかなんだから、難しいでしょうに。私には、その点が理解できなくて、余計に腹が立つんですよ」

と、加藤秘書が、言った。

午後三時、約束どおり、犯人から電話があった。

「一億円のダイヤモンドの指輪は買ってきたか？」

「ああ、買ってきた。これをどうしたらいいんだ？」

「それでは、まず、シャネルの四十八万円の黒いハンドバッグを買ってこい。ダイヤモンドの指輪を、そのハンドバッグの中に入れて、それを小包《こづつみ》にしろ。届け先は、その作業が済んだ頃に、また電話で教える」

と、犯人が、言った。

電話を切った後、社長は、いっそう、不機嫌そうな顔つきになっていた。十津川は、それをなだめるように、

「いろいろと、腹の立つこともあるでしょうが、今は我慢して、犯人の言うとおりにしてください。最後には、われわれが犯人を絶対に逮捕して、全てを、取り返してみ

せます。それまでの間、辛抱してください」

一時間ほどすると、犯人が、また、電話してきた。

「どうだ、こちらの指示どおりにやったか？」

「ああ、やった。言われたとおり準備した。これを、どこに届ければいいんだ？　届け先を、教えてくれ」

と、社長が、言った。

「いいか、これから言うことを、絶対に、間違えるな。四谷《よつや》三丁目に、マンションがある。名前はグランドマンション四谷だ。その二階の二〇五号室、そこの郵便受けに、これから行って、ハンドバッグの小包を、入れてこい。こちらの言うとおりに作ってあれば、ドアの郵便受けから、簡単に入るはずだ。中に入れたら余計なことはせず、まっすぐ、会社に帰れ。警察に余計なことを話したり、小包を郵便受けに入れた後、その辺を、ウロウロしているとか、そういうことをしたら、われわれの要求を拒否したものと判断して、また砲撃を加えることにする。いいか、これは嘘でも、冗談でもない。われわれは本気だ。そのつもりで、すぐに行け。もう一度だけ、言う。四谷三丁目のグランドマンション四谷の二〇五号室だ。時間が過ぎた場合も容赦なく、交渉決裂と見なすぞ」

男は、一方的にしゃべり、社長の返事を待たずに電話を切った。

3

社長は、すぐに、加藤秘書に命じて四谷三丁目に行かせた。

一方、十津川は我慢して、刑事を、犯人が指定した四谷三丁目に送ることはしなかった。

社長秘書の加藤は、小包を持って、タクシーで四谷三丁目に急いだ。インターネットで検索すると、犯人の男が言っていたグランドマンション四谷は、すぐにわかった。

どこにでもありそうな、古びた五階建ての小さなマンションである。階段を使って、その二階に上がっていく。

犯人が指定した二〇五号室には、「田中」という小さな表札が、かかっていた。加藤秘書は、そこの郵便受けに、持ってきた小包を押し込んだ。犯人が電話で要求してきたとおりに作った小包は、簡単に、中に入った。

一瞬、加藤秘書は、周囲を見回したが、終わったら、余計なことは何もせずに、すぐに会社に帰ってこいと言われていたことを、思い出し、タクシーを停め、それに乗って、社長室に引き返した。

その後、犯人からの電話は、なかなか、かかってこなかった。

犯人からの電話があったのは、次の日の正午である。

「一〇カラットのダイヤモンドの指輪と、シャネルのハンドバッグは、間違いなく受け取った。今までの不手際は許してやる。ただし、警察が、あれこれ調べ始める気配があったら、容赦なく、また砲弾をお見舞いすることになるぞ。わかったな」

それだけ言って、犯人は、電話を切ってしまった。

社長は電話機を置くと、その場にいて、自分と犯人とのやり取りを見守っていた十津川に対して、

「今回は、こちらが、モタモタしていたので、警察の皆さんにも、いろいろと、ご迷惑をおかけしてしまったかもしれません。申し訳ありませんでした。これから、犯人を逮捕できそうですか？」

と、きいた。

「もちろん、われわれは、どんなことがあっても、必ず犯人を見つけて、逮捕するつもりでいます。逃げ切ることは絶対に許しませんよ。それに、社長の行動は、決して

モタモタしていたわけでは、ありません。よく我慢して行動されました。警察に協力してくださっているわけですから、あとは、われわれが犯人を逮捕して、一億円の指輪を取り返してみせます」

と、十津川は、約束した。

十津川は、この事件について、マスコミには、一切公表しなかった。もし、今、犯人を刺激して機嫌を損ねるようなことがあったら、もう一度、迫撃砲を射ってくるだろう。犯人を捕まえない限り、その砲撃を食い止めることはできないと、そう思ったからである。

さらに、三上本部長も、十津川を呼びつけてまで、異例の〝注意〟をしたのである。

「山手線の新駅は、二〇二〇年の東京オリンピックに間に合わせて開業することを、政府が決めている。政治的な約束だ。したがって、今回の事件では、犯人逮捕も大切だが、新駅の開業が遅れることも困る。その点、犯人をいたずらに刺激することはないようにと、政府からの強い要望があるんだ。このことにも、注意してくれ」

と、言うのである。

「つまり、犯人を怒らせて、新駅の工事現場に、また、迫撃砲を射ち込まれるようなことがあっては困るというわけですね？」

「そのとおりだ」

「迫撃砲盗難事件のほうは、捜査が進んでいるんですか？」

「朝霞の陸上自衛隊で、ひそかに捜査が進められているといっている。もちろん、自衛隊から迫撃砲が盗み出されたということ自体、絶対非公開、極秘事項にしているが」

「迫撃砲が盗まれるなんて、大変なことでしょう？　なぜ、わからなかったのですか？」

「陸自の中でも、不思議だと思っているらしい。ただ、盗まれたのは、旧式のもので、廃棄処分になったものなので、注意していなかったということはあるようだ」

「そちらの事件の解決を早く進めてもらって、盗まれた迫撃砲と残る砲弾三発を、早急に見つけてもらわないと、こちらも、自由に動けません」

と、十津川が、言った。

「だからこそ、向こうから、こちらに、要望があったんだ。くれぐれも、その点を注意せよという要望だ」

「要するに、消えた迫撃砲と砲弾の行方を摑むのに、かなり苦戦しそうだ、すぐには見つけ出せそうにない、という意味でしょうか？」

「そうだ。そのことをしっかりと、頭に入れておいてくれ」

と、三上本部長が、くり返した。

十津川は捜査にあたっている刑事たち全員を招集して、三上本部長の言葉を伝えた。

「犯人は、前回までの事件の者とは別人のような気がするが、それでも絶対に逮捕するという、強い気持ちで臨んでほしい。ただし、同時に、三上本部長から釘を刺されたように、新駅工事についても、留意する必要がある。これも頭に入れておけ」

十津川は先日の捜査会議で行ったのと同様に、今回の事件についても、各自考えていることを、何でも自由に話してくれと、要望した。

「私には、どう考えても犯人の狙いがわかりません」

と、最初に言ったのは、若い日下刑事だった。

「どこがわからないんだ？」

と、十津川が、きいた。

「犯人は最初、一億円を要求してきました。そこで、ＪＲ東日本は一億円を集め、それを差し出してもいいと考えて、準備をしていたわけです」

「そのとおりだ」

「ところが、突然、犯人は要求を変更し、その一億円を使って、新宿のNデパートで販売している一億円のダイヤモンドの指輪を買ってこいと言い出しました。あのダイヤモンドの指輪は、処分して換金しようと思えば、おそらく五、六千万円くらいにしかならないでしょう。指輪の売り値は、買い値よりも、ずっと安いはずですからね。一万円札をダイヤモンドに換えただけで、犯人は、すでに、四千万円から五千万円もの損を出しているわけです。それなのになぜわざわざ、ダイヤモンドの指輪を買ってこいなどという指示をしてきたのでしょうか？　普通の犯人ならば、一万円札で一億円のほうを、選ぶのではないかと思います」

「そうだな。その点に関して言えば、たしかに、私も、不思議な気がしている。一万円札で一億円だと、十キロもの重さになる。持ち運ぶには、結構大変だが、それでも車を使えば、運ぶことができないわけではないからね。犯人にとって、それほどの、問題にはならないだろう。それよりも、一〇カラットもの大きなダイヤモンドの指輪では、あまりにも、目立ってしまうから、売りに出すわけにもいかないだろう。私にも、その辺の、犯人の考えが、理解できないんだ」

と、十津川が、言った。

グランドマンション四谷を調べに行っていた二人の刑事が帰ってきて、そのうちの一人、三田村《みたむら》刑事が報告した。

「調べたところでは、問題の二〇五号室には、この半年間ほど、誰も住人がいなくて、今も、ずっと空き部屋のままになっているそうです」

「そうか。話を聞く限り、ここまでは犯人に、一方的に、してやられた感じだな。完敗だが、こちらには、人命を最優先にするため、万全の捜査態勢を組めないという、足枷《あしかせ》があった。これからも足枷はあるが、何とか犯人を逮捕したい。さもないと、JR東日本に申し訳ないし、われわれの面子《メンツ》も丸潰れだからな」

と、十津川が、言った。

「それにしても、二〇五号室は空き部屋だったんだろう？　犯人は、その部屋の鍵を、どうして持っていたんだ？」

と、亀井が、きいた。

三田村刑事が、答える。

「これは管理人から聞いたのですが、あのマンションのキーは、昔のタイプの古いものだそうです。ですから、何らかの手段で管理人室のキーを手に入れ、粘土《ねんど》状のもので型どりすれば、簡単に型が取れるといっていました。犯人は、その方法で前々から、あの部屋の鍵を作っておいて、それを、利用したのではないかと思います」

4

星野の勤める出版社では、まもなく、川本賢三郎の本が、できあがる。川本ゆかりの生死が不明なこともあり、刊行して様子を見ることにしたのだ。問題は、まずどこに贈呈するか、何冊くらいを書店に回すかということだった。

そんな時、突然、辻本幹事長の秘書から、電話が入った。

社長の宝井が指さしたので、星野が電話を受けることになった。

「私は辻本康信の個人秘書の林《はやし》と申します。先日、辻本と面会された星野さんですね？」

と、相手が、丁寧な口調で、言った。

一瞬、ニセ者かとも、思ったが、

「ご用件は何でしょうか？」

と、星野のほうも、丁寧に答えた。

「そちらの会社でまもなく、作家の川本賢三郎さんの復刻本を、出版されるそうですね。辻本からきいております。じつは、岸部《きしべ》首相が、川本賢三郎さんのファンなのです。私なんかには、川本賢三郎さんの良さはわかりませんが、岸部首相は、川本賢三郎さんがまだ生きていた頃からその作品がお好きでして、今回も、そちらで本ができたら、真っ先に自分に送ってほしいと、そう言っておられるのです。本来なら、岸部首相の秘書からお願いするべきですが、私どもで星野さんの御連絡先を伺っておりましたので、代わりにお電話しました次第です。本ができあがり次第、首相官邸宛てに、一冊送っていただければ幸いです。もちろん、お代はお支払いします。よろしくお願いします」

林秘書は、首相官邸の住所や電話番号を、星野に、教えてくれた。

星野は、その電話が終わると、すぐに宝井に、

「大変な、川本賢三郎ファンが現れました」

と、興奮した口調で伝えると、宝井は笑って、

「大変なファンって、岸部首相じゃないのか？」

と、言った。

今度は、星野のほうが、ビックリして、

「ご存じだったんですか？」

「ああ、前から知っていたよ。岸部首相の秘書は、古くからの知り合いでね。いつだったか、まだ川本賢三郎が生きていた頃の古い話だが、首相の秘書が、わざわざ、私に電話をかけてきて、川本賢三郎がサインをした本がほしい。手に入らないかと、言ってきたことがあるんだ。岸部首相は、ずいぶん前からのファンなんだよ」

と、宝井が、言った。

「しかし、岸部首相が川本賢三郎のファンだというのは、ビックリですね。ちょっと意外でした」

「私だって、最初にきいた時は、驚いたもんだよ」

「岸部首相がファンだということを宣伝に使ったら、少しは川本賢三郎の復刻本が売れるんじゃありませんか？」

と、星野は、言ってみた。

「私も、そのことは、すぐに考えたよ。しかしね、このところ、岸部首相の人気が、落ち気味で、あまり効果がなさそうなんだよ。これが一年前だったら、宣伝に、使えたかもしれないと思っていたが、今は、おそらく駄目だろう。もし、岸部首相を宣伝に使ったら、かえって反感を持たれてしまうかもしれない。だから、今回は、宣伝には使わないようにしようと、決めているんだ」

と、宝井が、言った。

「そうなると、川本かおりさんは、どうなるんでしょうか？」

と、星野が、きいた。

「どうなるって、彼女はもう、死んでいるだろう？」

宝井が怪訝《けげん》な顔で問い返すと、星野は慌てて、

「まあ、たしかに、それは、そうなんですけど、何と言っても、彼女は、なかなかの、美人でしたからね。僕も、彼女の生前に、一度は会っておきたかったって、今になって強く思っているんですよ。どうですか、岸部首相に、ファンだった作家と、去年の二月にバス事故で命を落としたその娘に対しての、哀悼の意を表した一言を求めたら、最高の宣伝になるんじゃないですか？」

と、取《と》り繕《つくろ》うように、言った。

「いや、それは、駄目だよ。今も言ったように、最近の首相は政治力こそあるが、あまりにも自己顕示欲が強くて、自分を買いかぶりすぎているから、宣伝には使いにくいんだ」

と、宝井が、言った。

星野は、川本かおりと山下奈津美の件は、しばらくの間、宝井にも黙っていようと

いうつもりになっていた。

自分でも、不思議な気持ちである。

川本かおりがバスの事故の時、同行していた女友だちの山下奈津美が亡くなったのにもかかわらず、自分が死んだことにして、山下奈津美にすり替わったという疑いが浮かび上がってきた時には、川本かおりという女性に対して、失望にも似た気持ちを持ったのだが、すぐにその感情は、消えていった。

それどころか、この秘密は、自分だけが、知っているのだと考えると、星野の中に、自己満足に近い気持ちが、生まれてきたのである。

星野には、別に、そのことで、山下奈津美こと川本かおりを、脅かそうという気などはない。

ただ、いつの日か、川本かおりに対して、そっと、

「じつは、あなたの秘密を、知っているんですよ」

と、言って、彼女を、驚かせてやりたい、そんな気分になっているのである。

したがって、この件について、警察にこれ以上、何かを言おうという気持ちも、全くなくなっていた。とにかく自分一人だけの秘密にしておいて、できれば、山下奈津美こと川本かおりと、親しくなりたいのだ。

うまく立ち回れば、川本かおりと、本当の〝山手線の恋人〟に、なれるのではないか？　ここに来て、星野は、そんなことさえ、考えるようになっていた。

月が替わって、川本賢三郎の復刻本第一巻がやっと出版された。第一巻とは銘打っているが、全部でわずか、六作品しかないので、このあとの売れ行き次第で全二巻にするか、もしくは全三巻が関の山である。

最初の第一巻は三千冊を刷った。そして、星野には、そのうちの十冊が渡され、それを誰かに贈呈してもいいと、宝井が、言った。

そこで、星野は、その十冊のうちの一冊を、山下奈津美こと川本かおりに贈ることにしたのである。

そこで、彼女が働いている観光会社に電話してみると、少し前に職場復帰しているというので、勤務先の品川支店に出かけていき、山下奈津美に面会を求めた。

事前のアポは取っていなかったが、その会社の応接室で、山下奈津美に会うことができた。

そして、問題の本を、彼女に手渡した。

「これは、あなたのお友だちの川本かおりさん――もちろんよくご存じですよね？――その川本かおりさんのお父さんである、川本賢三郎さんの著書です。川本賢三郎さんは、少し変わった小説家で、それほど著名というわけではありませんが、今なお熱烈なファンがいるのです。そこで今回新しく、うちの出版社で、川本賢三郎さんの復刻本を出すことになったのです。その第一巻が発売になったので、ぜひとも、あなたに贈呈しようと思って、持ってきました」

と、星野が、言った。

それに対して、彼女は、

「もちろん、川本かおりさんは、私の友人でしたから、よく知っています。でも、申し訳ありませんが、彼女のお父様の川本賢三郎さんが作家だったというのは、今、星野さんにお聞きするまで、全く知りませんでした。私なんかがせっかくいただいても、彼女のお父様の作品をちゃんと読めるかといったら、ちょっと難しい気もするんですが」

彼女は、別に、慌てもせず、じっと、星野を見て、しゃべる。

星野は、迷った。

彼は、眼の前の女が、川本かおりと思って話している。

そのことを、この女は、知っていて応対しているのだろうか？　そこが、わからないのだ。だから、「あんたが、川本かおりと知っているんだよ」とも、言えない。平気な顔で、「違います」と言われたら、そのあと、どう続けたらいいのか、わからないからだ。

警察のように、証拠を突きつけて、彼女が川本かおりであることを証明する気はない。大げさに言えば、「世の中で知っているのは、俺ひとり」という立場を、楽しみたいのだ。

(楽しんで、うまくいけば、彼女を、自由に操りたい)的な、悪魔的な欲望も、どこかにあるのだ。

それなのに、この女は、こちらの期待するような反応を示してこない。

そこで、星野は、表紙を開き、

「贈呈・川本かおり様」

と、記してあるのを、見せて、

「私は、今でも、この作者の唯一の娘さんが、どこかで生きているような気がして、仕方がないのです。それで、川本かおりさんの名前を書いてしまいました。どうしたらいいですかね?」

と、わざと聞いてみた。

それでも、彼女は、慌てない。それどころか、ニッコリして、

「川本かおりさんのお墓が、どこにあるかわかったら、この本を墓前に供えてきますわ。それが、いいんじゃありませんか」

と、言った。

(参ったな)

と、思い、

(ここは、退却したほうがいいかもしれない)

と、決めて、本を置いて引き揚げることにした。

会社に帰る途中で、彼の携帯電話が鳴った。十津川からで、どこかで、お会いしたいと言う。

それで、有楽町駅近くのカフェで、会うことにした。

会うなり、十津川に、

「あまり、楽しくなさそうな顔ですね。何かあったんですか？」

と、言われてしまった。

星野は、川本賢三郎の復刻本第一巻をテーブルの上にのせて、

「これを、誰に献本したらいいか、悩んでいるんです。ご本人は亡くなっているし、ただ一人の娘さんも事故で亡くなったことになっているので」

「なるほど。しかし、今の首相が、川本賢三郎のファンということで、そちらの出版社から送ってもらったと、耳にしましたよ」

「さすが、よくご存じですね」

「今の首相が、川本賢三郎のファンだったということを、星野さんは知っていたんですか？」

と、十津川が、きく。

星野は、苦笑して、

「私は、知りませんでした。うちの社長は知っていたようですが。だから、地味な作家ではあるけれど、売れるんじゃないかと思って、復刻することにしたんだと思いますね」

「なるほど」

「ところで、十津川さんは、私に、どんな用が、あるんですか？」

「あなたは、毎日、山手線を使っている。そのうえ、山手線の中で、若い美女を見かけるのが楽しみだと、言っていましたね」

「そんなこと、言いましたかね？」

「そんなふうに言っていましたよ。〝山手線の恋人〟という言葉も口にされていました」

「そうだったかな。だって、ラッシュアワーの電車の中で、唯一の楽しみと言えば、車内で若い美人を見かけることくらいですからね」

「山手線を使っての出勤は、どのくらい続いているんですか？」

と、十津川が、きく。

「今の経路を使うようになったのは、二年くらい前からですかね」

「二年間、毎日、山手線を使われている？」

「そうです。二年間です」

「それだけ使い慣れていたら、先日の騒ぎには、さぞかし驚かれたことでしょう。新駅の工事現場で、爆発事故が起きた件です」

「ああ。あれには、びっくりしました」

「じつは、あの事故にはいろいろ不審な点があって、調べを進めているんです」

「単なる爆発事故ではなかったんですか？」

「詳しくは言えませんが、事故というより、事件かもしれない。星野さんを信用していますので、これから話すことも絶対に他言無用としてください。――星野さんは、山手線の新駅を作ることを、どう思いますか？　山手線を使い慣れたお一人として」

と、十津川が、きいた。

「新駅ができるのは、田町と品川の間ですよね？」

「そうです」

「私としては、興味がありますよ。泉岳寺《せんがくじ》が近いというから、駅ができたら、行ってみたいですし」

「新駅ができることに、反対はしませんか？」

「どうして反対するんですか？　万歳《ばんざい》を叫んだりはしませんが、楽しそうじゃありませんか。どんな駅になるか見てみたいし、一駅多くなると、ダイヤがどんなふうに変わってくるのか、関心がありますからね」

「今回の爆発事故の裏には、新駅ができることに反対している人間の影が、見え隠れするという話もあるんですが、星野さんは、どう思いますか？」

「なるほど。そんなキナ臭い話もあるんですか……。ご安心ください、ここだけの話として、きかなかったことにしますから。ただ、私には、見当もつきませんね。お祝いムードは、あったほうがいいに決まっているじゃないですか。日本は、あまり変化がなくて、退屈ですからね。私は、毎日、山手線を利用していますが、反対の声は、ほとんど聞こえてきませんよ。オリンピックの年に、新駅も開業するんでしょう？　それもあって、オリンピック賛成なら、新駅開業にも賛成。それが、ごくごく普通の声なんじゃないですか？」

「そんな中で、新駅に反対するというのは、よほどの変わり者ですかね？」

「まあ、そうでしょうね」

「それをきいて、ホッとしました」

「それだけをきくために、私に声をかけたんですか？」

「あなたが、世間一般の気持ちを代表すると、思っているからですよ」

と、十津川は、微笑を浮かべて、言った。

第七章　奇怪な動機

1

山手線と、同線の田町－品川駅間に開設予定の新駅を標的にした、奇怪な事件の捜査は、完全に、暗礁《あんしょう》に乗り上げてしまっていた。

初めに起きたのは、山手線の脱線事故であった。朝のラッシュ時、田町駅から品川駅に向かっていた山手線の電車が、走行中に、脱線したのだ。幸いにして死者は出なかったものの、負傷者が五名出て、ダイヤは終日混乱した。

当初は、三両目に乗っていた乗客が、何らかの理由で、車内に設置されている非常停止ボタンを押してしまったために、脱線を引き起こしたと、見られていた。だが、ほどなくして、これは単なる事故ではなく、綿密に計画された事件ではないか、という疑いが浮上した。急停車をしただけでは、列車は脱線しないはずである。その疑問から現場検証した結果、片方のレールに、五メートルほど油が塗られていたことが判明したのだ。犯人は、急ブレーキとともに、車体が浮くように細工《さいく》を施したのではないか？　警視庁もそのように見立てたが、三両目にいた問題の乗客の行方を掴めず、捜査は行き詰まった。

次に起きたのは、爆破テロを予告した、一億円脅迫事件である。しかし、脅迫犯は、ＪＲ東日本に一億円を用意させながら、そのうちの現金一千万円を品川駅新幹線ホームからばら撒けと、不可解なことを指示。そして、その様子を見届けたとの連絡を寄越《よこ》した後、なぜか連絡を絶った。

三番目に起きたのは、新駅の基礎工事を請け負う新銀河建設の、社長父子誘拐事件である。犯人グループは社長父子を拉致《らち》して、工事を五日間中止せよと要求。新銀河建設はこれをやむなく容《い》れ、工事の遅れにより、ＪＲ東日本とともにそれぞれ五億円の損失を出した。

そして、四番目に起きたのは、二番目と同じく、爆破テロを予告した、一億円恐喝事件であった。犯人は、「新駅開設に反対する、工事を中止せよ」「中止しないならば、爆破テロを決行する」としたうえで、「一億円を支払うなら、取引に応じる」と脅迫。そのやりとりの途中、ＪＲ東日本の社長が思わず声を荒《あら》らげると、陸上自衛隊朝霞駐屯地から盗み出した迫撃砲で、新駅の工事現場を砲撃する暴挙に出た。そして、ＪＲ東日本に購入させた一億円相当のダイヤモンドを、まんまと奪い去った――。

では、そもそも、新駅が建設されることによって、不利益を被る人々がいるのだろうか？　亀井は、若い刑事たちとともに、新駅周辺の地図を持って、聞き込みをした。

新駅は、東京オリンピックが開催される二〇二〇年に生まれる、山手線三十番目の駅である。

品川駅と田町駅の間に広がっている品川車両基地跡が、その場所にあたる。二〇一五年に、品川車両基地にあった車両を尾久《おぐ》車両センターに移したことに伴い、広大な跡地ができた。よって、土地の権利問題はないと見ていいだろう。

何らかの問題が生じるというよりも、新駅の開設は、周辺の都市開発を飛躍的に促進する効果がある。山手線と京浜東北線の線路は、現在より東へ百二十メートル移動する。これにより、十三ヘクタールに及ぶスペースが生まれる。ＪＲ東日本は、そこにオフィス街と高層マンションを建設する予定で、新駅を中心とした新しい都市空間を作りあげようとしている。

一方、隣の品川駅の役目も、より大きなものとなる。東海道の玄関口である品川駅は、私鉄の京急で羽田《はねだ》空港と結ばれているうえ、二〇二七年からはリニア中央新幹線の始発駅になる。新駅は、品川駅の補助の役目を請け負うことにもなるのだ。

そうした発展性を秘めた巨大な事業であるだけに、新駅の建設に反対する声は、ほとんどきかれない。もっとも、裏を返せば、〝宝の山〟とも言えるだけに、金が目当ての犯行と、誰もが思った。

ところが、捜査本部を、ますます混乱させる事態が起きたのである。

まず、朝霞駐屯地から盗み出された迫撃砲と、残り三発の砲弾が、横浜港近くの倉庫から発見されたのである。砲撃事件から一週間後、防衛省に匿名電話があり、倉庫の所在地を伝えると、電話の主は、すぐさま電話を切ってしまった。陸上自衛隊と神奈川県警が現場に急行し、迫撃砲と砲弾を回収したが、指紋などはすべて拭《ふ》き取《と》られ、犯人に結びつく手がかりは何も得られなかった。このことは、極秘事項とされ、報道されることはいっさいなかった。

続いて、奪い去られた一億円相当のダイヤモンドが、二週間経ってから、小包に入れられて、送り返されてきたのだ。

急報を受けて、十津川と亀井がＪＲ東日本本社に赴《おもむ》いたところ、社長は喜ぶというよりも、戸惑っていた。

「専門家に鑑定してもらったところ、あのダイヤモンドに、間違いないとのことでした。この状況をどう考えたらいいか、わからなくなってきました。ひょっとして、ダイヤモンドを返すから、やっぱり、現金で一億円を寄越せなんて、脅迫されることがあるんでしょうか？」

「たぶん、それは、ないと思いますが」

思わず苦笑して、十津川は答えた。

「また犯人からの接触があれば、警察としては、逮捕の可能性が高まることになりますから、そうあってほしい。でも、よほどの愚か者でない限り、ダイヤモンドを返すから現金に換えてくれ、なんて、言いっこないですよ」

「そうですよね。しかし、犯人は、新駅の工事現場に迫撃砲をぶち込むような奴です。手に入れたダイヤモンドを、ただで返してくるなんて、わけがわかりません」

「仰《おつしや》るとおり、この事件の犯人は、ふつうの犯罪者とは、かなり違うような気がします。もともと一億円が欲しくて計画した犯行ではなくて、別の理由があると、私は見ているんです」

「別の理由とは、何なのですか？」

「おそらく、犯人は、どう脅かしても、新駅は完成してしまうと考えているのでしょう。それは仕方ないにせよ、どうにかして、完成を遅らせようとしている。そんなふうに感じます。遅らせることに何の意味があるのかは、わかりませんが」

なるほどと何度も肯きながら、ＪＲ東日本の社長は思案の末に、こう語った。

「犯人の意図がそこにあるなら、この情報を、やはりお伝えするべきなのでしょう。何としても二〇二〇年春に新駅を開業せよという、政府の意向に反してしまうことでもあるので、くれぐれも、ご内密に願います。じつは、新駅の完成が遅れてしまいそうなのです。度重《たびかさ》なる妨害を受け、どうしても一年は遅れてしまう見込みとの報告が、上がってきているんです」

「二〇二一年に延期されそうだ、ということですね」

「はい。現場からの報告をもとに計算すると、どうにもならないのです。犯人の狙いどおりの結果に、なってしまったのかもしれません」

無念そうに、社長が言った。

「一連の事件で共通する、奇妙なことは」

と、十津川は、並《な》み居《い》る刑事たちを前にして、言った。どういうわけか、ダイヤモンドが返されてきたのを受けて、捜査会議を招集したのである。

「起こした事件が大がかりなわりには、犯人がめざした目的が、今ひとつ、はっきりしないことだ。すべて、中途半端な印象がある。一億円を要求してきたのに一千万円をばら撒かせ、結局は脅迫が途絶えた。さらに、工事現場に迫撃砲を射ち込んでまで威嚇《いかく》し、一億円相当のダイヤモンドを奪ったのに、わざわざ返してきた。その挙げ句、何も言ってこない。振り返ってみると、山手線の脱線事故まで引き起こしたのに何の要求もないし、新銀河建設社長父子を誘拐までしたのに工事の五日間の中止だけしか要求してこない。すべてが、あまりに不自然で、辻褄《つじつま》が合わないのだ」

十津川は、ひと息ついて、続けた。

「これらを見るにつけ、私は、四つの事件は、すべて、同一犯の仕業《しわざ》なのではないか、と思うに至った。いや、これが、根拠のない直感にすぎないと批判されるのは、重々、承知している。しかし、一見、辻褄が合わないという点にこそ、注目してみる価値があると、思うのだ。考えてみれば、四つの事件はすべて、田町－品川間で起きている。そして、犯人の要求は、いずれも、新駅の建設を止めさせようとしているように見える。ここまでは、皆が感じていることだろう」

刑事たちは、十津川の言葉に肯いた。それを見てから、十津川は、言った。

「しかし、じつは、そうとも、言い切れないのだ。犯人は、新駅の工事を妨害して、中止せよと口では迫っているが、脅迫が長続きすることは、ない。つまり、その主張どおりならば、JR東日本が新駅建設の中止を宣言するまで、爆破テロ予告を続ければいいものを、なぜ中途半端に、脅迫を止めてしまうんだ？　それが、まったく理解できない。新駅の建設を中止に追い込むことが本当の目的ではないし、一億円を用意させておいて新幹線ホームで一千万円をばら撒かせるだけで済ませたり、ダイヤモンドを返したりしてきたところを見ると、必ずしも金が目的でもない、と思われる。いったい、何が目的なのだろうか？　その点について、君たちはどう考えるのか、きかせてほしい」

刑事たちは、口々に議論を戦わせた。

「犯人は、新駅を建設することには、あくまで反対のはずだ。でなければ、こんな脅迫などしないはずだ。しかし、いくら反対しても、いずれは完成するとは思っているのだろう。そこで、悔し紛れに、嫌がらせをしているのだ。建設を止めなければ爆破する、さもなくば一億円を出せ、といった脅迫ゲームをやっているのではないか？」

「いや、嫌がらせだとしても、なぜ犯人は、用意した金をばら撒かせたり、危険を冒してまで手に入れたダイヤモンドを、わざわざ返したりするのか？　理屈に合わないじゃないか」

そうした中、北条早苗刑事が手を挙げた。十津川に促されて、北条刑事が発言した。

「新駅は二〇二〇年春に完成するときききましたが、度重なる妨害で、かなり開業が遅れるんじゃないですか？」

「遅れるかもしれないという話は、たしかに、きいている」

十津川は、ＪＲ東日本の社長の言葉を思い起こして、慎重な口調で答えた。それをきいて、北条早苗は、言った。

「それならば、犯人の本当の目的は、新駅の建設を中止に追い込むことではなくて、しばらくの間、延期させることだったのではないでしょうか？　どうせ新駅はできてしまうだろうが、開業を一年くらい遅らせられればよい。それで、犯人は目的を果たしたと、考えてみてはいかがでしょうか。そう考えると、四回目の事件で、犯人が最初は一億円を用意しろと言いながら、デパートで売っている一億円相当のダイヤモンドを買ってこいと言いだした理由が、摑めるような気がするんです。ダイヤモンドは売り値が五、六千万円くらいにしかならないし、しかも転売しにくいはずです。それなのに現金を選ばなかったのは、真の目的が新駅の建設を遅らせることにあって、じつは目先の金品など、どうでもいいと思っていたからではないでしょうか。それは十津川警部が仰った、必ずしも金が目的ではなかったのではないか、という見立てにも、合致すると思います。迫撃砲を横浜の倉庫に放置して回収させたり、ダイヤモンドを返してきたりしたのも、目的を達成した以上、足がつくものは手放したほうが得策と見たからだと思います」

北条早苗の大胆な推理に、刑事たちの間からは、「そりゃ、荒唐無稽《こうとうむけい》だ」と否定的な声がいくつか上がったが、一部で「なるほど、それならば辻褄が合う」「その線で洗い出してみる必要はあるな」「実際には、奪われた金はないわけだから、迷宮《おみや》入りしやすいとも言える」といった意見もきこえた。

十津川は、言った。

「北条君の意見は、一理あると思う。犯人の目的が、新駅の建設を止めさせることでもなく、金でもなく、じつは開業を遅らせることにあったというのは、私もうっすらと感じていたことだった。よし、引き続き、その線も加味しながら、捜査を続けてほしい。私からは以上だ」

2

捜査会議を終え、亀井と一緒に、昼食をとっていると、十津川の携帯電話が鳴った。星野からだった。

星野は、川本賢三郎の復刻本を持参するので、十津川と亀井に手渡したい、夕方に会えないかと申し出てきた。

十津川は、御礼を述べつつ、

「わざわざ持ってきていただかなくても、郵送で結構ですよ」

と、言ったが、星野は、もぞもぞと、

「じつは、ご相談したいこともありまして……」

と、答えた。

十津川には、その用件が何であるのか、薄々見当がついていた。なので、

「では、先日、私がお呼びした有楽町のカフェで、いかがですか」

と、持ちかけ、星野と会うことが決まった。

すると、しばらく経って、また十津川の携帯電話が鳴った。画面に表示されたの

は、見慣れない番号である。応じてみると、相手は、K銀行世田谷支店の支店長だった。

支店長は、突然、電話をかけたことを詫びつつ、

「どうしてもお話ししたいことがありますので、内々に、こちらにいらしていただけませんか？」

と、言った。

十津川は、亀井を連れて、K銀行世田谷支店に、急行した。

すぐ支店長室に通されたが、十津川にはだいたい察しがついていたので、挨拶を済ませるなり、

「三Kファンドから、多額の金が引き出されたんじゃありませんか？」

と、単刀直入にきいた。支店長がびっくりした顔で「なぜ、それを？」とき返したので、十津川はこれまで三Kファンドについて自分たちが調べたこと、星野に調査を頼んでいたことを、率直に明かした。

支店長は、「星野さんから十津川さんのことを伺っていました」と言いながら、こう答えた。

「三Kファンドさんには二十億円の預金があったんですが、そのうちの十億円が引き

出されたんです。じつは一ヵ月前に、辻本康信先生から、『急に資金が必要になったので、預金のうちの半分、十億円を引き出したい、それも現金で至急に』と言われました。当然、守秘義務がありますから、他言はしていませんが、先日、星野さんが当行にお越しになって、警察が着目している事案だと仰り、十津川さんの携帯電話も教えてくださったものですから、どうしたものかと悩んでおりまして。それで、思いあまって本行の上層部に相談したところ、以前、十津川さんに大変お世話になった者が役員におりまして、『その携帯電話の番号は十津川さんのもので間違いない。十津川さんがお調べになっているのなら、すぐにでもお話しせよ』と、厳命されました。なにぶん、顧客に関することなので、上層部も、失礼ながら内々のご相談とさせてくださいと申しております。そのようなわけで、わざわざお越しいただきました」

十津川も、支店長の言う、K銀行の役員を憶《おぼ》えていた。以前、この人物と協力して、K銀行に関係する事件を解決に導いたことがあったのだ。

「そういう御縁でしたか。内々のお話し合いということは、われわれとしても助かります。とある事情から、川本賢三郎さんの案件については、表立って捜査を進めることが難しくなっているからです。それで、一ヵ月前に三Kファンドから引き出されたのは、十億円に間違いないですか？」

「はい。たぶん政治的なことにお使いになられるんだと思って、余計に他言できなかったんです」

「もう一度確認しますが、三Kファンドというのは、もともと川本ファンドと呼ばれていたのですよね」

「そのとおりです。川本賢三郎さんの苗字《みょうじ》を冠していました。しかし、川本賢三郎さんが二年ほど前に亡くなり、お嬢さんのかおりさんもその数ヵ月後のバス事故で亡くなってしまいました。そこで、一応、名前だけは残しておこうということになり、川本さんのK、賢三郎さんのK、そしてかおりさんのKの、三つを冠して三Kファンドという名称に変更しました。そして、ファンドの責任者に川本賢三郎さんとは長いお付き合いがあるという辻本康信先生が就き、現在に至っています。今は、辻本先生のほかに、そのお知り合いの藤田晃司さんと渡辺修さんが、ファンドからお金を引き出す権限を持っています。もちろん、これは辻本先生がお決めになったことです」

「十億円の引き出しの際には、辻本氏本人が来行されたんですか」

「いいえ、おいでになったのは、辻本先生の秘書の方です。辻本先生から、秘書の林という者にトランクを持たせて行かせるから、という連絡がありました」

「十億円の現金というと、かなりの重さになるでしょう」

「ええ。車に積んでお帰りになりました」

「辻本氏は、その十億円を何に使うかということを、支店長にお話しになったんでしょうか」

「いえ。その件については、何も仰いませんでした」

と、支店長は、言った。

3

K銀行世田谷支店を出ると、十津川は亀井とともに、私鉄から地下鉄を乗り継いで、有楽町に向かった。その車中で、二人は支店長の話を振り返った。

「脅迫犯の動きが止まった直後に、三Kファンドに動きがあった。これが偶然とは、私には思えないのですが」

と、亀井が、言った。十津川も、

「同感だ。辻本康信は、星野君が川本賢三郎案件を嗅ぎつけたことを知って、三Kファンドを畳《たた》むことにしたのかもしれないな。預金から十億円を引き出したのは、その取っかかりとも考えられる」

と、答えつつ、

「ただ、三上本部長から、というよりも本部長を通じて政界の有力者から、川本賢三郎に関わる捜査はいっさい止めるようにと、釘を刺されている。三Kファンドの実体に迫っても、力ずくで捜査を妨げられる可能性があるし、本部長の指示に背《そむ》くわけにもいかない。どうしたものかな」

と、思案顔になった。

待ち合わせ場所のカフェに着くと、星野は、川本賢三郎の復刻本第一巻を、十津川と亀井に、一冊ずつプレゼントしてくれた。

「十津川さんと亀井さんには、本当にお世話になりました」

と、星野が、言うと、十津川は、にっこり笑って、

「思いがけないかたちで知り合うことになりましたが、いろいろと調べていただくなど、星野さんのおかげで、われわれも助かりました」

と、礼を述べた。

星野は、それに微笑み返したが、改まった口調で、

「僕は、十津川さんと亀井さんに、お詫びしなければなりません」

と、言った。

「川本かおりが山下奈津美にすり替わったという見方を、撤回したと言いました。だけど、本当はそうじゃなかったんです。すり替わったことをずっと信じていて、自分の力で真相を突き止めようとしていたんです。十津川さんたちの捜査を邪魔して、申し訳ありません」

「何をですか？」

「川本かおりさんのことです。僕は、先日、新宿でてんぷらを御馳走《ごちそう》になった時、川本かおりが山下奈津美にすり替わったという見方を、撤回したと言いました。だけど、本当はそうじゃなかったんです。すり替わったことをずっと信じていて、自分の力で真相を突き止めようとしていたんです。十津川さんたちの捜査を邪魔して、申し訳ありません」

十津川は、亀井に、「やはりな」と目配せをしてから、星野に言った。

「あなたがすり替わり説を捨てていないことは、われわれにはわかっていました。先週、あなたは山下奈津美さんと会いましたね？」

「やっぱり、十津川さんには見抜かれていましたか。あの日、彼女と会った後、すぐに十津川さんから電話がかかってきて、このカフェに呼び出されたのが、偶然とは思えなかったんです。僕の様子から、彼女との面会で、何か新事実を摑んだのか、確かめようとされたんだ、と後になって気づきました。尾行は続いていたんですね？」

「気分を害したら、申し訳ない」

「いえ、そんなことはありません。それよりも、あの日、ようやく彼女に接触したのに、結局は何もできなかった自分の不甲斐《ふがい》なさに、どうしようもない無力感を覚えたんです。それに、十津川さんに嘘をついている自分が、本当に情けなく思いました。このカフェで、何もかもご存じだったはずなのに僕を責めることなく、世間話だけで済ませてくれた十津川さんのお気持ちを考えると、これ以上、隠し事はできないと思ったんです」

今にも泣き出しそうな星野に、十津川は、優しく、言った。

「そんなに、落ち込まないでください。われわれが川本賢三郎についての捜査を中断せざるをえなくなった中で、あなたが川本賢三郎と辻本康信氏の関係を突き止めたうえに、三Kファンドについて K銀行世田谷支店から話をきき出してくれたことは、とても大きな意味を持っていたんですよ。こちらが感謝したいくらいなんですから」

それをきいて、星野は、やっと顔を上げた。

「そう言っていただけると、救われるような気がします」

「この件は、もう忘れようじゃありませんか。問題は、川本かおりさんがどうして他人への成りすましなどということをしたか、ですね」

「それが、どうにもわからないんです。十津川さんから、真相をききだしてくれませんか？」

「わかりました。やってみましょう。今、彼女はどこにいるんですか？」

「勤め先に電話してみましょう」

と、星野は、言って、山下奈津美の勤務先に電話をかけ、

「山下さんはいらっしゃいますか？　知り合いの者です」

と告げ、しばらくしてから、携帯電話を十津川に差しだした。

「もしもし、山下ですが」

という女性の声に向かって、十津川は、

「こちらは警視庁捜査一課です。ぜひ、あなたにお目にかかって、伺いたいことがあります。今、有楽町にいるのですが、本日中に、おいで願えないでしょうか。お断りになられると、無理にでも、署までご同行いただくことになります——ええ、一時間後に、そちらからおいでくださると。それは助かります。では、待ち合わせの場所はですね——」

と、改まった口調で、言った。

4

一時間ほどして、彼女はやってきた。手招きする十津川と一緒に、星野がいるのを

見て、戸惑ったような表情になった。

「まあ、坐ってください」

と、十津川は言い、彼女の分のコーヒーを注文してから、こうきいた。

「まず、あなたのお名前から伺いましょう」

「山下奈津美です」

と、彼女は、小さな声で、言った。

十津川は大きく肯いて、こう告げた。

「じつは、あなたが、山下奈津美さんではなくて、川本かおりさんなのではないかという疑いがあるんですよ。去年の二月にあったスキーバスの転落事故で、一緒にいたご友人の山下さんが亡くなった。その時に、あなたは地元の警察に対して、死んだのは川本かおりであって、自分は山下奈津美だと、名乗りましたね。そのまま、あなたは山下さんに成り代わって、今日まで来た。警察は、そう見ています。まずは、なぜそんなことをしたのか、しているのか、理由を話してもらいたいんですよ。じつは、われわれは、大きな事件を抱えていましてね。率直に言って、あなたと、あなたのお父さん、川本賢三郎さんが何らかのかたちで関与しているのかもしれないと、思っています。正直に明かしていただかないと、われわれはあなたを逮捕しなければなりません」

柔らかい口調ではあるが、きっぱりと、十津川は言い切った。

すぐには返事がなく、彼女が口を開いたのは、二、三分、経ってからだった。

「怖かったんです」

と、彼女は、言った。

「何が、怖かったんですか？」

「父の生前、川本の苗字を冠したファンドが、K銀行世田谷支店に作られました。私は父の交友関係をあまりよく知らず、ファンドについてもよくわからないのですが、父の死後、私も権利者のひとりとして、預金を引き出すことができると告げられました。それが、二十億円もあるなんて、しがない作家だった父の暮らしぶりを見ていた私には、想像もつきませんでした。父は、生前から『俺は案外、金儲けが上手いんだぞ』と言っていて、お金に困った素振《そぶ》りは見せたことがなかったので、おおかた、若い頃に何かの商売で稼いだか、株などの投資で資産を殖《ふ》やしていたのか、と思っていたんです。私、父の財産にはほとんど興味がなくて、確かめようとしていませんでしたから」

星野は、川本賢三郎の顔写真を初めて確認した、月刊Gの記事を思い出していた。

川本賢三郎と川本かおりの談話を載せたあの記事でも、川本かおりは「まるで、わが家の財布に、ひとりでにお金が入ってくるみたいなんです」と語っていたのである。

川本かおりの告白の間が空いたのを見て、星野は口を挟んだ。

「僕は、お父さんの本を復刻するために、著作権継承者であるあなたの行方を捜していたんですよ。それで、会津の西野町に行ったら、町長だった方が、お父さんが六年前に川端藩記念館を改修するための費用として一億円を寄付されて、あなたといらっしゃった、と言っていました」

川本かおりは、星野に向かって、答えた。

「この間は、わざわざお訪ねいただいたのに、本当のことを言わずに申し訳ありませんでした。星野さんは、私が脱線事故に巻き込まれた時もお見舞いに来て下さったし、何度か職場にもいらしてくれたようですね。広田千夏さんからも、星野さんが私に好意を寄せてくれて、何度かいらっしゃっていると、きいていました。だけど、私、本当のことを突き止められるのが、とにかく怖くて。こんなかたちでお目にかからなければ、父のことなども、もっといろいろお話しできたのにと、いつも内心で悔やんでいました。——あの一億円の寄付について、父は川本家の遺産だと言っていました。川本家の財産を、お仕えした川端藩のためにお返しするのだから、これほどいい使い方はない、と」

「記念館で、ご先祖の川本ゆきさんの画《え》を見ましたよ。あなたにそっくりでしたね」

星野が言うと、川本かおりは少しだけ微笑んで、答えた。

「ご覧になりましたか。川本ゆきは、父の曾祖母で、戊辰戦争の時に娘子隊として官軍と戦った女性なんです。なぎなたの名手だったそうですよ。川本家は会津の名家で、男性の跡継ぎがいなくなった中、川本ゆきが婿をとって、家を存続させたといいます。父や私はその末裔《まつえい》にあたるんです——それで、一億円の寄付もそんな調子でしたから、私は父の蓄財の上手さは何となくわかっているつもりでしたが、二十億円もの預金があるファンドを持っているなんて、想像もしていませんでした。でも、それは、ちっとも、いいことではなかったんです」

「というと？」

十津川が問うと、川本かおりが続けた。

「私がファンドの継承者だということを伝えられてからしばらく経って、父の知り合いだったという男から、おかしな電話が掛かってくるようになったんです。『K銀行世田谷支店にファンドがあることは知っているな？　その金には、絶対に手をつけてはいけない。勝手に金を引き出すようなことがあれば、われわれはお前に危害を加えるほかない。これは冗談ではなく、本気の警告だ』と、一方的にしゃべって電話を切るということが、毎日のように続いたんです」

「警察には届け出なかったんですか？」

亀井がきくと、川本かおりは涙をためて、こう答えた。

「警察を頼ることはできませんでした。というのは、その男は、こうも言っていたんです。『大作家でもないお前の父親が、金に困ったことがないというのを、おかしいと思ったことはないか？　その秘密は、あのファンドにある。あれは、川本賢三郎だけではなく、われわれ全員で積み上げた金なんだ。もし、このことが公になれば、お前の父親の名誉も、地に堕《お》ちてしまうことになるぞ』と。思い当たる節《ふし》が、ないわけではありませんでした。父は生前よく、『時には、法律に触れそうなこともやった』と言っていました。私はそれを、冗談だと受け取っていたんですが……。それに、父が自費出版で出したエッセイ集を読んでみると、賭け金を募るような、妙な話がたくさんあったんです。そういったことを考え合わせると、警察に相談しても、かえって、私が知らなかった、父の別の顔が明らかになるようなことになるかもしれない。そんなことになるくらいなら、父の名誉を守るために、このまま黙っているしかないと思ったんです」

だから彼女は、生前の川本賢三郎があのエッセイ集を贈呈した、北鎌倉の片山隆一郎邸を訪れ、本を探し回ったうえに、エッセイ集の批評を掲載した文芸雑誌を持ち帰ったのかと、星野には納得がいった。父親の暗部を物語る恐れがある書物を、ひそかに回収、破棄しようとしていたとすれば、合点がいく。

十津川が、きいた。

「そんなふうに悩んでいる中で、あのバス転落事故が起きたのですね？」

「はい。社会人になってから知り合った友達の山下奈津美さんと、志賀高原にスキー旅行へ行くつもりでした。私たち、姉妹のようにそっくりだよね、と言い合っていたのですが、あんなことになってしまって……。それで、自分だけ生き残って、奈津美さんが亡くなったことを知った時、とっさに川本かおりの名前を捨てることを、思いついてしまったんです。このままではあのファンドを知る男に殺されるかもしれない、ファンドの継承者である自分は十分に狙われる存在だと思い続けていたので、家族がいないと言っていた奈津美さんに成りすますには、絶好の機会と思ってしまって……。私、ひどい人間です。奈津美さんに対して、取り返しのつかないことをしてしまいました」

泣きじゃくる川本かおりが落ち着くのを待って、星野がきいた。

「山下奈津美さんに名を変え、新しい生活を過ごしていたあなたは、品川への出勤途中に、山手線の脱線事故に巻き込まれましたよね？」

「はい」

「そのときに僕は週刊誌の記者を装って、あなたをお見舞いに行ったわけですが、あの入院中に、品川駅の新幹線ホームから現金がばら撒かれた事件を憶えていますか？あの光景を、あなたが見ていたのではないかと思ったんですが」

「よくご存じですね。そのとおりです。私、山下さんの名前を騙《かた》って、新しい生活を始めたんですが、しばらくしてから、電話で脅してきたあの男に突き止められたんです。それは、携帯電話に非通知でかかってきました。『あんた、川本かおりだな？』って。もう、何もかもおしまいだと思ったら、男は電話口で笑って、こんなことを喋りはじめたんです」

川本かおりによると、男はこう言ったという。

〈川本かおりが死んでしまったってことにしたいなら、別にこっちは構わない。おとなしくしておけ。でもな、われわれを裏切ったら、ただじゃおかない。われわれの組織力を、甘く見ちゃいけない。今回の脱線も、じつはわれわれの仲間が、ちょっとした小細工をやって起こしたのだ。車両の非常停止ボタンを押したってことがヒントさ。嘘だと思うなら、ニュースを見たらいい。まさか、あんたが巻き込まれたとは、ニュースで報じられるまでわからなかったが。長野で川本かおりと一緒に事故に遭ったのと同姓同名の女が、脱線事故の負傷者の名前にもあるというから、興味を持った仲間がいてな。そこから、調べを進めてみて、この携帯電話に辿り着いたというわけだ。

面白いことを教えてやろう。今晩九時に、その病室から、品川駅の新幹線ホームを見てみなよ。滅多に見られないことが、起きるぞ。大事故なんかじゃないから、安心しろ。それを目にしたら、われわれの力がハンパじゃないことが、よくわかるよ〉

滅多に見られないこととは、一千万円がばら撒かれる光景だった。すっかり怯《おび》えた川本かおりは、翌日、逃げるようにして退院した。それは、星野が記憶していることと一致していた。

十津川と亀井は、川本かおりを星野に任せ、席を離れ、物陰で声をひそめて話し合った。

「ついに、犯人像が見えてきましたね」

「やはり、川本賢三郎の線から、浮かび上がってきたな」

「しかし、針の穴を通すような道筋でしたね。最初は、脱線事故の被害者である山下奈津美の周辺をウロウロしている、不審な男がいるという情報から始まりました。それで調べを進めてみたら、彼、星野君が川本賢三郎や川本かおりの周辺調査もくり返していることがわかった。どうやら、星野君が川本かおりと山下奈津美を同一人物だと思っているらしいことが察せられましたが、川本賢三郎に目を向けると、政界にもつながる巨額ファンドの関係者で、さらに山手線の新駅建設への強硬な反対論を唱えたエッセイも見つかった。そうした材料から辿っていって、まさかこんな証言が取れるとは」

「うむ。品川駅で一千万円をばら撒かせたのは、山下奈津美に成りすました川本かおりを、さらに脅すためだったんだな。川本かおりは死んだことになっているが、いつまた、彼女が権利を主張するとも限らない。だから、彼女が先々《さきざき》、口をつぐむように、派手な演出を施して、釘を刺そうとしたのだろう。三Kファンドの二十億円から離れさせるためなら、一千万円など安いというわけだな」

「犯人は、一筋縄《ひとすじなわ》ではいかない連中ですね。脱線事故を起こしたり、新銀河建設の社長父子を誘拐したり、さらには迫撃砲を使ったりと、やることが組織だっていて、粘着質的な傾向がある。しかも、それでいて、劇場型犯罪を好むようなところもある。極めて悪質ですよ。しかし、電話をかけてきた男は、なぜ事件の真相を彼女にペラペラしゃべったんでしょう？　黙っていればいいものを」

「もともと、賭け事が好きな連中なのさ。おおかた、川本かおりさんにギリギリまで明かしたうえで、彼女がどう反応するか、賭けていたんじゃないか。四つの事件すべてに共通するのは、善悪の是非《ぜひ》よりも、スリルを楽しむ感覚だ」

「迫撃砲を射ち込むことまで考えつく連中だから、かなり異常な感覚を持っている。そう考えれば、納得がいきますすね」

「私も、そう思う。――ただ、ひとつ言えることは、ここまで辿りついたのは、星野君のおかげだよ。彼の〝山手線の恋人〟への想いが、事件解決の突破口を開いたんだよ」

と言って、十津川は、微笑んだ。

それに深く肯いた亀井は、席に戻ると、

「川本さん。よく話してくれました。他人に成りすますことは、決して許されることではないですが、今は問わないことにしましょう。あなたの身の安全は、警察が万全を尽くして保障します」

と言って、涙に暮れる川本かおりを励ました。

恫喝の電話をかけてきたという男は、何者だったのだろうか？　川本かおりと、彼女を慰める星野の姿を眺めながら、十津川は考えをめぐらした。

5

預金の引き出し権限者を辻本康信と他二名とする三Kファンドが、K銀行世田谷支店にある。川本かおりを脅したのは、おそらく、その関係者であろう。だとすれば、その預金二十億円は、亡くなった作家、川本賢三郎のために使おうとしたものではないだろう。元から、まったく別の目的、ただ怪しまれずに済むために、地味な作家の名前を利用したにすぎない。そう考えるのが、自然だ。十津川は、そう見立てていた。

しかも、川本賢三郎をめぐっては、辻本幹事長や、じつはファンだったという岸部首相など、なぜか大物政治家の影がちらつく。三上本部長は、川本賢三郎関連の捜査からはいっさい手を引けと言い、それは「有名な政治家」の意向であると言っていた。また、一ヵ月前には、三Kファンドの預金二十億円のうち、十億円が引き出された。これらが意味するものは、いったい何なのか？　不気味に感じると同時に、十津川は、少しずつ今回の、一連の事件の解決が近づいているような気がした。

十津川は、亀井に命じて、画家の高橋清吾のもとへ赴かせた。

高橋は、奇妙な賭けについてエッセイに記していた川本賢三郎のことを知り、自分もその賭けに乗りたいと、新聞の投書欄に投稿した人物だ。当初は星野の問いかけに対してにこやかに応じていたものの、その直後、星野に仕事の邪魔をされて困ると警視庁に通報してきた。高橋がなぜいきなり通報したのか、十津川はもう一度、確認する必要があると考えた。

戻ってきた亀井は、こう報告した。

「予想どおり、星野君が帰った後で、見知らぬ中年男の声で電話がかかってきて、脅されたそうです。『これ以上、川本賢三郎のことを、面白おかしく喋るな。言うことを聞かないなら、お前が違法な賭博《とばく》をやっていたことをバラす。星野とかいう青年のことは、仕事の邪魔ばかりするなどと言って、警察に通報しろ』と、言われたそうです。高橋も賭博をやっていたことは事実なので、すっかり怯えたんだそうです」

「われわれは、高橋の通報がきっかけで、マークしていた星野君に接触することができたわけだな。犯人は、警察の力で星野君の動きを止めようとしたが、結果は逆、もっけの幸いだった。なかなか愉快だね」

と言って、十津川は、笑った。

十津川は、K銀行世田谷支店の支店長に依頼して、旧川本ファンド設立から現在に至るまでの出入金記録を、ひそかに調べてもらった。と同時に、日下刑事に命じて、川本賢三郎のエッセイ集の初出欄を調べさせ、「賭けをする」との文章を載せた雑誌と、その発行年月日をすべて洗い出した。

すると、興味深いことが判明した。エッセイが世に出た時期からほどなくして、定期的に、まとまった金が出たり入ったりしていたのだ。

十津川は、亀井に、言った。

「どうやら三Kファンドは、旧川本ファンドの頃から、賭博で集めた金を、出し入れする役目を果たしているようだな。そしてそれが、最終的には、辻本康信の政治資金になっていたという見立てが、成り立つと思うね」

「仮にそれが正しいとして、川本賢三郎の役割とは、どんなものだったのでしょうか？」

「賭けを募る、シナリオ・ライターのようなものだったんだろう。賭博愛好者たちは、川本賢三郎のエッセイを読んで、川本ファンドを舞台に賭け事が行われていることを知り、金を注ぎ込む。それで勝った、負けたをくり返していたのだろう。川本賢三郎が生活に困らなかったのは、ファンドへの名義貸し料のほかに、何者かに言われるがまま、エッセイを装った賭け事募集の一文を書くことで、報酬を受け取っていたからじゃないかな。むろん、岸部総理がファンだったというくらいだから、知る人ぞ知る優れた作家のひとりだったことは、本当なんだろう。彼に、さほどの罪は、ないよ」

「川本賢三郎関連の捜査を禁じられているのが、痛いですね」

「そうなんだよ。それに、今の段階では憶測に過ぎず、はっきりした証拠がない。新駅建設を妨害した犯人たちの中に三Kファンドの関係者がいるとしても、その動機がわからないからね」

思案の末に、十津川は、友人で中央新聞記者の田島《たじま》に電話をしてみた。辻本康信の評判をきいてみたかったのである。すると、田島は、こう答えた。

「辻本康信は与党幹事長の実力者で、次期総理の芽も十分にある。スキャンダルが明らかになったことは一度もないし、金にまつわる黒い噂もきいたことがないな。ただ、どの議員にも言えることかもしれないが、支持者や取り巻きのすべてが清廉潔白《せいれんけっぱく》かと言うと、そこはわからないけれどね。それに、来年には参議院選挙を控えているだろう。幹事長として指揮をとらなければならないから、選挙資金はいくらでも欲しいだろうな」

「参議院選挙は、苦戦しそうなのかな？」

　と、十津川は、きいた。

「いや、今回の参院選は、波乱はないと思う。問題になるような事件が、起きていないということだ。与党は安泰《あんたい》だし、野党側にもこれといったミスがない。古手はゆうゆう当選だろうし、すごい若手が出馬するわけでもなさそうだからね」

「岸部政権は、しばらく安泰だと」

「そうだろうな。岸部政権の任期はオリンピックイヤーの二〇二〇年いっぱいだから、それまでに政権交代があるとは考えにくいね。辻本康信が総理の座につくとすれば、二〇二一年以降だろう」

　その晩、十津川はこれまでの調べをもとに、ひとりで、推理を働かせた。そして、一つの結論に行きついた。少しばかり、馬鹿げた推理だったが、十津川はその考えに取《と》り憑《つ》かれた。

（だが、そんなことを、幹事長ともあろう大物政治家、あるいは取り巻きが思いつくはずがない。まともな人間ならば）

　と、否定しておきながら、すぐに、

（しかし——）

と、なってしまう。

ひょっとすると、こんな愚かなことを考えつく人間が、政界にはいるかもしれない。そんな迷いの答えを見つけようと、十津川はもう一度、田島に電話して、自分の推理をぶつけてみた。田島の答えは、簡単だった。

「君の言うとおりだ。政界には、そんな狂気じみた発想を持った人間が、たしかに存在する」

十津川は、亀井を呼び、自分の考えを捜査会議で皆に話したいが、どうであろうかと、意見を求めた。

「なかなか、大胆なやり方ですね。限りなく怪しい、辻本康信あるいは辻本の周辺人物をマークしたいが、三Kファンドを糸口にすることはできない。けれども、一連の新駅建設妨害事件に、辻本康信の関係者が何らかのかたちで関与しているとの見方で、捜査をしていけば、いずれ網にかかってくる可能性が高い。そして、それを端緒《たんしょ》にすれば、三Kファンドの闇にも、自然と行きつける。警部はそう読んでいるわけですね？」

「川本賢三郎関連の捜査はまかりならんという、三上本部長の命令は、ちゃんと守っている、つもりだがね」

と、十津川は、片目をつぶって、言った。

そして開かれた捜査会議で、十津川は、自分の推理を話した。

「私がこれから話すことについては、内密に捜査を進めてもらいたい。影響するところが大きいからだ。しかし、この推理には、百パーセントの自信がある。なぜなら、この推理以外に、今回の一連の事件を説明できるものがないからだ。

新駅の開業は、一年遅れることになった。この遅れによって、影響を受けることになった人間は誰だろうと考えていくと、一人だけいることに気づいた」

そう言って、十津川は一瞬、間をおいた。

「それは、岸部総理大臣だ」

さすがに、刑事たちは、驚きの声をあげた。三上本部長も、目を剝《む》いている。

「静粛《せいしゅく》に。岸部総理が犯人だなんて、言うつもりはない。——話を続けよう。岸部総理の任期は、オリンピック開催年の二〇二〇年いっぱいまである。そして、本来ならば、同じ年に田町‐品川間に新駅が開業することになっていた。つまり、岸部総理は、東京オリンピックの開幕と新駅の開業を、同時に宣言できるはずだった。

じつは、このことは、われわれが考える以上に、大きな意味を持つ。今回の捜査の途中で、政府が、新駅を二〇二〇年に開業することは絶対だ、これは政治的な約束なのだと言い、事件の早期解決を強く迫ってきたことは、皆も知っているだろう。つまり、この新駅の開業は、単にＪＲ東日本に新しい駅が生まれるというだけではなくて、重要な国家事業のひとつに数えられている、ということなのだ。品川駅と新駅の周辺は、二〇二七年のリニア中央新幹線開業を控えるなどして、大きく生まれ変わる。新駅の誕生は、まさにその第一歩だ。二十一世紀の東京が、未来に向かって新たなスタートを切ることを、日本国内のみならず世界に宣言する。そういう意味合いがあり、だからこそ、時の総理大臣が開業を宣することになっている。大変な名誉であると同時に、わが国の歴史にも残るのだ。

　ところが、それを面白くないと思うであろう人物がいる。東京オリンピックのほうは、世界的な事業だし、二〇二〇年に決まっているから、どうしようもない。しかし、新駅の開業だけは、何とか引き延ばして、その栄誉を岸部総理に渡したくない。犯人の本当の目的は、新駅の開業を中止させるのではなく、少なくとも一年だけ、遅らせることだったと思う。そのつもりで、工事会社やＪＲ東日本を脅し、新駅の工事現場を爆破して、思惑どおり、新駅の開業を一年遅らせたのだ。そして、そうした思惑に沿うのは、二〇二一年に岸部総理の後継となる人物、すなわち次の総理大臣候補となる人物。それは、今のところ、辻本康信氏が最有力だ」

十津川の推理に、出席者のすべてが、固唾《かたず》を呑んで、きき入っている。張り詰めた緊張の中、十津川は続けた。

「じつは、最初に起きた山手線脱線事故、次に起きた一億円恐喝事件における品川駅での一千万円ばら撒き事件について、有力な証言を得ている。今はまだ詳しく言えないが、この情報をもとにすると、辻本氏の周辺人物が事件に関与している可能性が、極めて高いと思われる。

私は、現時点では、辻本氏自身が直接関与したとは思っていない。有力政治家の身で、こんなことをするのは、あまりに愚かしいからだ。おそらく、熱烈な後援者、または取り巻きが、辻本氏に新駅開業の宣言という歴史的な栄誉を担わせようとして、暴走したのだと思う。

辻本氏周辺の調べには、慎重のうえにも慎重を期すことは言うまでもないが、明日からこの方針によって、捜査を再開する」

十津川の言葉に、刑事たちは深く肯いた。三上本部長も、事の重大さに、顔を強張《こわば》らせてはいるが、特に異論を唱えることはなかった。

「お見事です」

会議室を出ながら、亀井が囁《ささや》いた。

十津川は、亀井にだけわかるように、微《かす》かに笑みを浮かべて、

「本当の戦いは、これからだよ」

と、言った。

解説

郷原　宏（文芸評論家）

「山手線」をあなたは何と読みますか。「やまてせん」と読む人が多いと思いますが、正しくは「やまのてせん」だそうです。山手線は都心の山の手（高台）を一周する環状線なので、開業時に「山ノ手線」と名付けられましたが、漢字で表すときは「ノ」を省いて「山手線」と表記しました。以前から東京に住んでいた人は「山手」を「やまのて」と読みましたが、地方から上京した人は「やまて」と読んだので、次第に「やまてせん」という呼び名が定着しました。当時の国鉄関係者も通称として「やまて」と呼びならわしていたようです。

日本が太平洋戦争に敗れたあと、進駐してきた連合国軍の総司令部（GHQ）から線名や駅名のローマ字併記を命じられたとき、国鉄（現在のＪＲ）の担当者は慣例に従って「YAMATE Loop Line」と表記しました。このとき、山手線は名実ともに

「やまてせん」になったわけです。

ところが、一九七〇年に「ディスカバー・ジャパン」という国内観光旅行キャンペーンが始まったのを機会に、全国の線名や駅名を再整備しようという気運が高まりました。そのとき、一九六四年に開業した横浜の根岸線山手《やまて》駅との混同を避けるためもあって、山手線を「やまのてせん」と元の名前で呼ぶことにしたのです。それと同時にローマ字表記も「YAMANOTE LINE」に変わりました。

ちなみに西村京太郎氏が十津川警部シリーズの第一作『寝台特急《ブルートレイン》殺人事件』（一九七八）を発表してトラベル・ミステリーのブームを巻き起こしたのは、この「ディスカバー・ジャパン」キャンペーンが終わってまもないころでした。つまりトラベル・ミステリーと国内観光旅行のブームは、ほぼ同時に始まったわけです。

二〇二〇年三月、その山手線に三十番目の駅が誕生しました。高輪ゲートウェイ駅です。東京－品川間の正式な路線名は東海道本線だそうですが、この新駅には山手線と京浜東北線の電車しか停まらないので、山手線（あるいは京浜東北線）の駅と呼んで差し支えないと思います。新駅の開業は、山手線では一九七一年の西日暮里《にしにっぽり》駅以来、京浜東北線では二〇〇〇年のさいたま新都心駅以来のことです。

本書『十津川警部　山手線の恋人』は、その山手線高輪ゲートウェイ駅の開業前夜の物語です。初出は「小説現代」の二〇一七年三〜九月号、初版は同年十月刊の講談社ノベルス、そして今回の文庫化が二〇二〇年の秋ですから、この作品はまさしく高輪ゲートウェイ駅と同時進行のミステリーといっていいでしょう。その講談社ノベルス版の「著者のことば」で、西村京太郎氏はこう述べています。

《京王線の仙川《せんがわ》に住んでいた私は、昭和二十三年から三十五年までの十二年間、職場の霞《かすみ》ケ関《せき》まで、新宿に出て、あとは中央線で東京駅、最後は東京から有楽町《ゆうらくちょう》まで山手線を使っていた。たった一駅だが、十二年間である。その間、山手線が事故や故障で停った記憶はない。今は、地下鉄が霞ケ関まで行っているので、山手線を使わなくなったとすれば、残念である》

これで見ると、作家になる前の西村氏は「山手線」が「やまてせん」だった時代の通勤客だったことになります。西村氏は当時、人事院の職員として新しい公務員制度をつくる仕事をしながら、職場の文芸同人誌『パピルス』に作品を発表していました。そのころは太宰治の小説が好きで、休日にはよくひとりで当《あ》て処《ど》のない旅行に出かけたそうです。もし、この時代の「鉄道ぶらり旅」体験がなければ、あるいは十津川警部シリーズは生まれなかったかもしれません。

そして本書もまた、西村氏の「山手線」体験を抜きにしては語れない作品のようです。なにしろ、山手線を使わずに、地下鉄でまっすぐ霞ケ関まで行けるようになったことは「残念である」という作家の書いた作品なのですから。

京王線の仙川から中央線経由で有楽町まで行くとすれば、いまなら一つ手前の神田《かんだ》駅で乗り換えたほうが早いように思われますが、当時は終点の東京駅で乗り換えたようです。そうすると、山手線の乗車区間はたったひと駅ということになりますが、そのひと駅の間に恋が芽生えることもあるのです。

本書の主人公、星野正之は二十五歳。都心の有楽町にある「宝井出版」という小さな出版社の編集者で、中央線三鷹《みたか》駅からバスで十五分ほどのマンションに住んでいます。毎朝七時に家を出て、三鷹駅で中央線の前から二番目の車両に乗って終点の東京駅まで行き、そこで山手線に乗り換えます。ここでも必ず前から二番目の車両に乗ります。

この「二番目の車両」に特別な意味はなさそうですが、彼はとにかく毎日同じことを繰り返すのが好きなのです。この感じ、毎日同じ電車で通勤通学している人なら、よくわかると思います。このように実体験に裏打ちされた読者との共通感覚が、この作品の、いや、すべての西村作品の臨場感とリアリティを支えています。

その山手線の二番目の車両で、星野が毎日見かける若い女性がいました。彼好みの顔立ちをした、色白でスタイル抜群の美人です。彼女は東京駅より手前の駅で乗車し、有楽町より先の駅まで行くらしい。つまり星野とはたったひと駅だけ車内の時間を共有する行きずりの乗客にすぎないのですが、にもかかわらず、彼にとっては片時も忘れられない「空想の恋人」になります。

その空想（妄想）のなかで、彼はポルシェ911のオープンカーを乗り回し、銀座《ぎんざ》の交差点で偶然に出会った彼女を帝国ホテルに誘い、横浜の日本丸メモリアルパークまでドライブしたりします。空想（妄想）は膨《ふく》らんでいく一方ですが、現在の彼の給料ではポルシェの中古車にも手が届かず、彼女はまさしく高嶺《たかね》の花です。

こうした空想（妄想）もまた、若いときにはありがちなことで、大方の読者にとって、身に覚えのある、あるいは身につまされる体験だといっていいでしょう。つまり、この話は決して絵空事でもなければ他人事《ひとごと》でもない。ファンならよくご存じのように、西村氏は絵空事のような小説は一度も書いたことのない作家なのです。

とはいえ、私はここで星野正之は若き日の西村京太郎氏である、などというつもりはありません。二人の共通点は、山手線東京‐有楽町間の通勤客である（であった）というだけのことで、住所も違えば職業も違います。しかし、世界文学の名作『ボヴァリー夫人』の作者フローベール（男性です）が「マダム・ボヴァリーのモデルは私自身だ」と証言したことを思えば、星野のモデルは作者自身だといってもいいはずです。とすれば、西村氏にも星野と同じような「空想の恋人」がいたのかもしれない――と考えると、この作品を読むのがいっそう楽しくなります。

星野の「空想の恋人」はやがて意外な変貌をとげます。彼は社長の宝井健次から、一年半前に病死した作家、川本賢三郎の遺族探しを命じられます。川本は作家生活三十年の間にたった五冊しか著書のない「売れない作家」で、亡くなる直前まで『パピルス』（！）という同人雑誌を出していました。宝井出版では今度、彼の代表作『あの星を探して』を出版することになり、著作権の継承者を探す必要が生じたのです。

星野はさっそく国会図書館で資料を調べ、文芸作家協会にも問い合わせた結果、川本賢三郎の遺族は一人娘の川本かおり以外にいないことが判明しますが、その所在はわかりません。そこで彼は小田原《おだわら》の病院に入院している『パピルス』の旧同人を訪ねて、ある月刊誌に川本と家族の写真が載っていることを聞き出します。そして再び国会図書館へ出かけてその雑誌を見つけますが、そこに載っていた川本かおりの写真は、彼が毎朝山手線の車中で見かけるあの「空想の恋人」にそっくりでした。

この二人の女性は実は同一人物ではないかと直感した彼は、翌朝さっそく「空想の恋人」を尾行して、彼女が浜松町《はままつちょう》の観光会社に勤めていることを突き止めます。

星野はさらに川本賢三郎の背景を調べるために福島県の西野町に出張します。川本家の先祖は、明治維新のとき奥羽越列藩同盟に加わって新政府軍に敗れた川端藩の藩士。賢三郎の曾祖母にあたる川本ゆきは、娘子隊《じょうしたい》の一員として勇名を馳《は》せた薙刀《なぎなた》の名手で、しかも評判の美人でした。そして不思議なことに、「売れない作家」だったはずの賢三郎が、川端藩記念館の改修に際してポンと一億円を寄付していたことがわかります。

こうして川本賢三郎とその娘かおりをめぐる謎が深まっていきますが、それと並行するように、山手線では不審な事件や事故が続発します。田町《たまち》‐品川間の新駅工事現場付近で原因不明の脱線事故が起き、爆破予告の脅迫電話があり、一千万円がばら撒《ま》かれ、基礎工事を請け負った建設会社の作業員がいっせいに姿を消してしまったのです。そして、そこにはいつも川本かおりと思われる女性の姿が見え隠れしていました。

こうしていよいよ十津川警部の出番がやってきます。犯人の狙いはどうやら新駅の建設工事を遅らせることにあるようですが、それは何のためなのか、それによって誰が得をするのか、まったく見当がつきません。十津川は星野の協力を仰ぎながら、工事関係者を中心に捜査を進めていきますが、政界要人からの無言の圧力もあって、捜査は思うようには進みません。そんな彼らをあざ笑うように、またしても新しい事件が発生し、謎はさらに深まっていきます。

推理小説の三要素は、魅力的な謎・論理的な展開・意外な解決だといわれますが、ここではその上にタイムリーでホットな社会性が加味されて、間口が広くて奥行きの深い極上のミステリーに仕上がっています。西村京太郎氏の読者の辞書に、昔も今も「退屈」という文字はありません。

本書は二〇一七年十月、小社よりノベルスとして刊行されました。

本作品はあくまでも小説であり、作品内に描かれていることはすべてフィクションです。

十津川警部《とつがわけいぶ》　山手線《やまのてせん》の恋人《こいびと》
西村京太郎《にしむらきょうたろう》

2020年10月15日第1刷発行

講談社文庫
定価はカバーに
表示してあります

発行者――渡瀬昌彦
発行所――株式会社　講談社
東京都文京区音羽2-12-21　〒112-8001
電話　出版　(03)　5395-3510
　　　販売　(03)　5395-5817
　　　業務　(03)　5395-3615
Printed in Japan

デザイン―菊地信義
本文データ制作―講談社デジタル製作
印刷――――株式会社KPSプロダクツ
製本――――株式会社KPSプロダクツ

ISBN978-4-06-521164-9

講談社文庫刊行の辞

二十一世紀の到来を目睫に望みながら、われわれはいま、人類史上かつて例を見ない巨大な転換期をむかえようとしている。

世界も、日本も、激動の予兆に対する期待とおののきを内に蔵して、未知の時代に歩み入ろうとしている。このときにあたり、創業の人野間清治の「ナショナル・エデュケイター」への志を現代に甦らせようと意図して、われわれはここに古今の文芸作品はいうまでもなく、ひろく人文・社会・自然の諸科学から東西の名著を網羅する、新しい綜合文庫の発刊を決意した。

激動の転換期はまた断絶の時代である。われわれは戦後二十五年間の出版文化のありかたへの深い反省をこめて、この断絶の時代にあえて人間的な持続を求めようとする。いたずらに浮薄な商業主義のあだ花を追い求めることなく、長期にわたって良書に生命をあたえようとつとめるところにしか、今後の出版文化の真の繁栄はあり得ないと信じるからである。

同時にわれわれはこの綜合文庫の刊行を通じて、人文・社会・自然の諸科学が、結局人間の学にほかならないことを立証しようと願っている。かつて知識とは、「汝自身を知る」ことにつきていた。現代社会の瑣末な情報の氾濫のなかから、力強い知識の源泉を掘り起し、技術文明のただなかに、生きた人間の姿を復活させること。それこそわれわれの切なる希求である。

われわれは権威に盲従せず、俗流に媚びることなく、渾然一体となって日本の「草の根」をかたちづくる若く新しい世代の人々に、心をこめてこの新しい綜合文庫をおくり届けたい。それは知識の泉であるとともに感受性のふるさとであり、もっとも有機的に組織され、社会に開かれた万人のための大学をめざしている。大方の支援と協力を衷心より切望してやまない。

一九七一年七月

野間省一

西村京太郎ファンクラブ

会員特典（年会費2200円）

◆オリジナル会員証の発行　◆西村京太郎記念館の入場料割引
◆年2回の会報誌の発行（4月・10月発行、情報満載です）
◆抽選・各種イベントへの参加（先生との楽しい企画考案中です）
◆新刊・記念館展示物変更等のお知らせ（不定期）
◆他、追加予定!!

─ 入会のご案内 ─

■郵便局に備え付けの郵便振替払込金受領証にて、記入方法を参考にして年会費2200円を振込んで下さい■受領証は保管して下さい■会員の登録には振込みから約1ヵ月ほどかかります■特典等の発送は会員登録完了後になります。

［記入方法］1枚目は下記のとおりに口座番号、金額、加入者名を記入し、そして、払込人住所氏名欄に、ご自分の住所・氏名・電話番号を記入して下さい。

00	郵便振替払込金受領証	窓口払込専用

口座番号		百十万千百十番	金額	千百十万千百十円
0 0 2 3 0 - 8 -		1 7 3 4 3		2 2 0 0
加入者名　西村京太郎事務局		料金（消費税込み）	特殊取扱	

2枚目は払込取扱票の通信欄に下記のように記入して下さい。

通信欄	(1) 氏名（フリガナ）
	(2) 郵便番号（7ケタ）　※必ず7桁でご記入下さい。
	(3) 住所（フリガナ）　※必ず都道府県名からご記入下さい。
	(4) 生年月日（XXXX年XX月XX日）
	(5) 年齢　　　　(6) 性別　　　　(7) 電話番号

十津川警部、湯河原に事件です

西村京太郎記念館
■お問い合わせ（記念館事務局）
TEL：0465・63・1599

※申し込みは、郵便振替のみとします。
Eメール・電話での受付けは一切致しません。